南兮的诗,既有现世之思的实感,又带着觉世回望般的超越目光。被她写入深度文本的,有对生命、爱、时间与空间、物变与词义的所观、所悟,有诗意与日常性的两相辉映,有抒情与叙述的风格缠绕、推力共生。她的诗,可深度阅读。

——欧阳江河

南兮 诗选

NANXI SHIXUAN

南 兮 ◎ 著

黑龙江人民出版社

图书在版编目(CIP)数据

南兮诗选 / 南兮著. — 哈尔滨：黑龙江人民出版社，2019.1
ISBN 978-7-207-11709-0

Ⅰ.①南… Ⅱ.①南… Ⅲ.①诗集—中国—当代 Ⅳ.①I227

中国版本图书馆 CIP 数据核字(2019)第 020698 号

责任编辑：姜海霞
封面设计：欣鲲鹏

南兮诗选

南　兮　著

出版发行	黑龙江人民出版社
	地址　哈尔滨市南岗区宣庆小区 1 号楼（150008）
	网址　www.hljrmcbs.com
印　刷	永清县晔盛亚胶印有限公司
开　本	880×1230　1/32
印　张	7.75
字　数	170 千字
版次印次	2019 年 1 月第 1 版　2021 年 6 月第 2 次印刷
书　号	ISBN 978-7-207-11709-0
定　价	38.00 元

版权所有　侵权必究　　　　举报电话：(0451) 82308054
法律顾问：北京市大成律师事务所哈尔滨分所律师赵学利、赵景波

我以为捡了一张票。这是我多年一直重复的一个梦,现在成为现实,惊讶之余我又镇定了下来,也许这一切都是安排好的。我突然释然了,恐惧也不再紧紧抓着我的心。

当我以最低的生活标准出现在中国另一端的时候,我终于实现了把自己陌生化的梦想。在这个偏远的不被人熟知的城市,我在街头、在公园、在湖边、在朱瑾花旁、在棕榈树下自由地走来走去。

但是从此我几乎没有再做过任何梦。

有几年的时间我对自己的生活还是满意的,以为这就是自己想要的,我要求不高。我没有带书来,只有一本空白的日记本,很少像以前一样读小说和杂书。但我仍然是不安和焦虑的,我混进了广西社会心理学会,我学心理学就像逛街,看见能用得上的就抓在手里,满足了自己,焦虑在慢慢减轻。我也把这些送给我的顾客朋友,希望能对她们有所帮助。我成了一个免费的义务心理疏导员,我因此而满足。因为被需要而满足。(因此交了几个很好的朋友)

我甚至又一次恋爱了,我想到了诗歌,这个一直在我心底里的梦。我尝试着写,但总是很茫然。后来我失恋了,我开始经常上网,一个偶然,我进入一个诗歌群,从此打开了潘多拉的盒子……

我知道这本诗集的出版将是一次终结,精神意义上的死亡与出生,这是不能计划不能改变的,我静静地等待那一刻的到来。混乱与清澈时常在我身体里起着冲突,更多个自己在撕扯。

就像我穿行于密林中,在神秘无知状态中心神不定地审视着记忆之外的混乱。我胆战心惊地拿起笔。

每天都看到一些人在我的身体里穿行,我为他们疼痛,一次

不为自己命名

——自白兼自序

> 从今以后,我会碰到一些事情。当这些事情照常突如其来的时候,生活将一种极度的烦闷强加给我的情感,对这一种如此剧烈的烦闷,任何疗救都于事无补。
>
> ——佩索阿

那是一个寒冷的冬日,接近年关了。那天,下了很大的雪。大片的雪花落在我灰色的粗毛呢大衣上,落在我毫无表情的脸上,但我感觉不出寒冷。我拉着旅行箱的手是僵硬的,但并不觉得疼。火车迟迟不来,我望着长长的人群,他们的脸在大雪中变得模糊。我突然感觉陌生起来,仿佛这不是我熟悉的家乡。

我被"抛到世界上来"(海德格尔),还要再次把自己"抛向"一个遥远的地方。未知的一切强烈地吸引着我,增加了我的恐惧,我登上火车,没有回头。

这是十年前我离开家乡的一幕。

到了北京我买到了最后一张南下的火车票,当我从北京站拼命赶到西站的时候,怪事出现了,熟悉的场景再度出现——拿着最后一张票,最后一个登上车,车门旁那个乘警暧昧地看着我说:

一次把他们拉到身边,但我发现了徒劳与震惊。我不能从这些身体里挣脱,我开始怀疑那些人就是过去或以后的自己,这一切强烈地冲击着我的认知。真实的身体在逐渐消失,那些凹凸有致的线条变成虚无与非存在,我只看到一双旧鞋子。

发现诗歌就是让伤口照亮黑夜,就像发现无用之物再次盛开,那些冰冷的疼痛给了伤口一些合理的借口,我为此兴奋不已,我终于发现了自己,在远离熟悉的世界之外,我毫无遮拦地揭开自己,让伤口上的光照亮我曾经的死亡。

这是一剂良药,让我漂泊与孤独的生活瞬间变得光亮起来。"诗歌与我们的真实需要相联,那就是承担起我们的有限性,承认内心的无限性……在这个面目全非的世界上与我们的亲人建立起更直接的联系。"(博纳富瓦)我发现了这种真实对于我的全部意义。

那些无数个人中的我,无数个我中的我,在我的眼前舞蹈,这是一种逃避还是隐藏,我对神秘未知如此着迷。每天清晨对着陌生的湖水和岸边一排排骄傲的棕榈我在心里猜测着,我甚至感觉到它们对我的不解、不屑与嘲讽。我知道这里不是我的故土,可是哪里又是我的呢? 我们都不过是过客。对它们来说我只是一片想回到树上的落叶,不自知地深深陷入泥土之中。

"我古代的城堡甚至在我出生之前就已经失去……我的大厦在我生存之前建立起来,但现在已经坍塌为满目废墟,只有在特定的时刻,当我心中月亮浮上芦苇地,我才感到怀旧的寒意从一片残垣断壁那里袭来,一片由深蓝渐渐转为乳白的天空,衬托着它们黑森森的剪影。"(佩索阿)

我像拿着放大镜的人,把曾经忽略的逐渐放大,我看见黑暗中的伤口、树林以及深陷其中的自己。我变得贪婪,对文字对语言的贪婪,那些既陌生又熟悉的文字在我的眼前跳舞,就像那是我的许多个面孔,我抚摸着它们,就像抚摸一些陌生人,疼痛的分明是我自己。

我发现了真正的自己。孤独而脆弱但真实的自己。我如此迷恋!

在我心里诗歌与我的生活就像渤海边的月亮湾,水的颜色瞬间不同了,海水与海水自己与自己分开,同一片天空下,是截然不同的自己。诗歌是一根起死回生的魔棍,把我的身体与思想分开,把记忆与痛苦分开,醒目地战栗着一个原本的自己。

诗歌是我海边的房子,是我的一个梦还是我的另一个真实,无法分清。我跋涉在通往海边的巷道里,很多我看不见的人在说话,我受制于一种喧嚣,而途中的黑森林照亮了我的存在,"一切都象是真的。一次辉煌的宴会。"(波伏娃)然而我身边的椅子一直空着,我的床整齐干净。我的心被冰冷的海水灼烧着,很多人影在模糊中逃离现场。走进去还是走出来,不可知。我从一个森林进入另一个森林,在生命的储物柜里清点着我的过往,我发现了一些空白。

"诗歌为我们提供了这样一个场所,让我们暂时摆脱科技的异化、物质的束缚、金钱的诱惑,重新面对自己内心的自由和纯洁的人性,诗歌能向我们呈现真理,给予我们救赎自身的力量。"(海德格尔)

我需要诗歌的救赎,因为我常让自己走着走着就无路可走,被切割的生活一段一段像切开的幼竹,本可以有一些机会重新选择,但是我选择了最难的那一条路,那是弗罗斯特的路。"我决定赎回对你的一万次拒绝/只放置雨水/每穿行一次/黑暗就更黑一些"……没有人看见我的泪水/我在黑夜里取出灯盏/只为照亮回

家的路"。(《巷道》)

"诗人从跃动、喧嚣不已的现实中唤出幻境和梦。"(海德格尔)而诗歌是我最懦弱的部分,我已越来越少关心我的生活现实,回归精神的最初状态。它让我看见我身体里美丽的、丑陋的、疼痛的、虚无的部分,它持续不断地吸引着我,直到它变成生命的一部分。

"写作就是忘却,文学是忽略生活最为愉快的方式。"(佩索阿)诗歌与我就像一直渴望的一场真正的恋爱,我深深地陷入不能自拔,忘记了周围的一切。我知道这是真的,在我寻找、等待最疲劳最绝望的时候到来。我不想抛弃它,不管任何原因!

2018.12.12 南宁

目 录

第一辑　回声

午夜花开 ……………………………………………（3）
意义的回声 …………………………………………（5）
当我们谈论爱情时，我们谈论什么 ………………（7）
我要与你四海为家 …………………………………（9）
黄昏　一场雪和雨的对话 …………………………（11）
回声（之一）…………………………………………（13）
回声（之二）…………………………………………（14）
回声（之三）…………………………………………（15）
老山药 ………………………………………………（16）
摘下面具的桃花 ……………………………………（18）

第二辑　致命的黑森林

巷道 …………………………………………………（21）
黑蜘蛛 ………………………………………………（23）
阿多尼斯的吻，我的左脸，从此是一座岛屿 ……（26）
缺失的主角 …………………………………………（28）
我遇见的河流 ………………………………………（30）

— 1 —

未结束的舞者 ………………………………………… (32)
穿粉红色睡衣的女人 …………………………………… (33)
千年 ………………………………………………………… (35)
蛇头蛾 ……………………………………………………… (36)
南方和北方 ………………………………………………… (39)
空缺的手掌 ………………………………………………… (41)
隐居 ………………………………………………………… (43)
在邕江夜晚的灯光像为你准备好的故乡 ……………… (45)
瑶山 ………………………………………………………… (47)
孤独是一截醒着的骨头 ………………………………… (50)
湖心岛的白天鹅 ………………………………………… (52)
途中 ………………………………………………………… (54)
檐下 ………………………………………………………… (57)
雨中的马 …………………………………………………… (59)
停下来的王府 …………………………………………… (61)
最后的白鹭 ……………………………………………… (63)
城墙 ………………………………………………………… (65)
亲爱的温暖 ……………………………………………… (67)
大蛇的鸣叫 ……………………………………………… (69)
听雨的石头 ……………………………………………… (71)
旧照片 ……………………………………………………… (73)
南兮的冬天 ……………………………………………… (75)
出逃的雪城 ……………………………………………… (77)
夜之门 ……………………………………………………… (80)
出埃及记 …………………………………………………… (82)
我沉静地走过 …………………………………………… (85)

— 2 —

目　录

身体里的一只手 …………………………………（87）

裂缝 ………………………………………………（89）

一个人 ……………………………………………（90）

断木 ………………………………………………（92）

哦　灰鸟 …………………………………………（94）

梦 …………………………………………………（95）

春天第一只蝴蝶 …………………………………（97）

那鸟 ………………………………………………（98）

一个转身 …………………………………………（100）

黑森林 ……………………………………………（102）

一片雪 ……………………………………………（104）

白的存在与虚无 …………………………………（106）

死相 ………………………………………………（108）

释缚雅典娜 ………………………………………（110）

坐在石头上的女人 ………………………………（112）

我要远离自己 ……………………………………（114）

草　远去的背影 …………………………………（116）

一种流逝 …………………………………………（118）

一枚橘子 …………………………………………（120）

某一天 ……………………………………………（122）

走过黄昏 …………………………………………（123）

黑衣人 ……………………………………………（125）

水边的女子 ………………………………………（127）

海边的房子 ………………………………………（129）

月光下的花瓣 ……………………………………（132）

钟声 ………………………………………………（134）

— 3 —

指尖上的姿势 …………………………………… (136)

我走过朱瑾花的早晨 …………………………… (138)

奔跑的玫瑰 ……………………………………… (139)

一把口琴 ………………………………………… (141)

玻璃的碎片 ……………………………………… (142)

两滴水 …………………………………………… (144)

一只水鸟 ………………………………………… (146)

在路上 …………………………………………… (147)

一滴夜露 ………………………………………… (149)

抽象的蓝色辩证 ………………………………… (151)

爱不是影子 ……………………………………… (153)

一种存在 ………………………………………… (155)

单身女人和锁 …………………………………… (157)

我　夜晚 ………………………………………… (159)

在水边 …………………………………………… (161)

哥哥 ……………………………………………… (162)

萤火虫 …………………………………………… (164)

草帽 ……………………………………………… (165)

深夜零点 ………………………………………… (167)

走失 ……………………………………………… (169)

屋檐 ……………………………………………… (171)

随便走走 ………………………………………… (172)

蝴蝶 ……………………………………………… (173)

草地 ……………………………………………… (174)

风吹过的街口 …………………………………… (175)

清明 ……………………………………………… (177)

目 录

坐在学校里的童年 ……………………………………（179）
提灯的人 ………………………………………………（181）

第三辑　组诗系列

印加组诗 ………………………………………………（185）
给小马（组诗）…………………………………………（194）
美容院的女人（组诗）…………………………………（197）
棕榈的变奏（组诗）……………………………………（200）
荒芜的花裙子（组诗）…………………………………（203）
一个人的暗喻（组诗）…………………………………（207）
递进的亚热带（组诗）…………………………………（211）
象形文字上的埃及（组诗）……………………………（215）

跋：神秘的诗性生长 ……………………………………（224）

第一辑　回　声

第一辑 回声

午夜花开

在你身上　亲爱
有我一半的梦清醒着
每到午夜就有一朵花开
让我不能说出那种迷醉　亲爱
无数次想攻克你的高地并把你据为己有
想你把我安放在黑夜最合适的位置
可是每次都以接受的方式拒绝

亲爱　格陵兰岛的积雪融化了
无处安放我的夏天
这唯一巨大的岛屿冰封已久
无土之地谁来开垦
"绿色的土地"只为白雪命名
而因纽特人保持原住民的沉默

红胡子埃里克你整理的岛屿有充足的理由
亲爱　我除了默默爱你没有别的
我无数次想把你据为己有

但我不能说出　亲爱
午夜有一朵花开了
我有一半的梦醒着
就在你的身上亮着

2018.3.20

第一辑　回声

意义的回声

这时人们都已睡去，你终于持杖出门
让犹疑的光无处躲藏
无法忽略无法拒绝
就这样深深潜入，任回声搅乱了黑夜
填满一屋子的空
你找到最初的粉色花瓣
这是蓄意还是黑夜的引诱
而你的坚持足够俘获一座城

我想拒绝黑夜，但不能拒绝盛开
哗哗的水声漫过屋顶
像疲惫音符在跳动
你是夜晚的主角，占据黑森林的中央
像一道闪电划开矜持的冷
一次死去之后的重构
我忘记关门忘记自己还在门外
我以最传统的本能收紧自己
仿佛忘记一些黑暗，就有力量迎接新的黑暗

空置已久的,是平常一个夜晚
不能拒绝不能返回,我的山谷回声四起
足以淹没一座城的寂静
这些"芳香的黑暗"在我的肋骨间徘徊
我蹚过柔软的黑夜,收拢散落的过往
一条黑夜里的船就这样静静停下
似乎一切都很简单
终于我没有说出那几个字
怕一旦说出
黑夜就会成为一个深渊

2018.7.28

第一辑　回声

当我们谈论爱情时，我们谈论什么

山下的流水已不像从前一样远
那些高过夜晚的树
燃烧黑夜像打开清晨
这喧嚣的沉默像水底的鱼
只是不谈自己

这非存在之物
一开口就变成美丽的碎片
无权决定去留

脆弱的黄昏有天的高度
而黄昏主宰的爱情
正被虚构的夜晚漏掉
在一个不恰当的时刻
在你手里又不在你手里
此时　你已被浩荡的暗示淹没

还有什么要说的

每一个夜晚回声都不尽相同
但黑夜占有了全部
像绝望的花开极不相称
一湖清水　一湖清水

停下吧　鸟儿与苦楝树
一切语言仿佛都没有说出

2018．7．20

第一辑　回声

我要与你四海为家

以一只鸟的方式　忘记
门和窗子　虚掩着
允许进入一些灰尘
你在林中
上升的黑暗与光明　像沉默与歌唱
不告诉你　我爱这不可救药的空旷
只想放逐我最柔软的部分
我在自己的内部
许多手　存在于无形的枝头
我想进入旷野无遮拦的沉默

亲爱　或许我只是你路过时
偶然进入你眼中的小小沙粒
让你流泪不止
而风又把我带向远方
我在最低处热烈地歌唱
只为让你看见

是的　其实我只是一只鸟

— 9 —

为一截树枝反复吟唱

叶已在某个时辰　不知去向

我为下一刻断裂歌唱

你不必都懂　亲爱

这黑暗与光明的缝补

我空空口袋上的裂缝

火焰从冰层内部　烧起来的水

都有它们的位置

一些褶皱落在心里　不必说灰烬

我们只简单地行走

树梢　水边　幽暗的林中

最平常的事物和蛇

而蓝色水草

固执地为这一刻痛哭不已

我醒着　睡着

敞开的门与窗子

这个夏天　不需要很多衣物

亲爱　我只需要一点

在一起　无论在哪里

亲爱　我只想与你四海为家

让水更像水

树梢更像树梢

2017.6.16

第一辑 回声

黄昏 一场雪和雨的对话

剥开你的声音　雪就落了
从遥远的北方落下　从城墙上落下
从黄昏的灯光中　落下
从你和我的前世落下
一直落到像从没有落下

总觉得每一片雪都和你有关
遥远的声音　落在心里就融化了
一波一波袭来　这黄昏
我逃到不想逃　亲爱
雪也在燃烧
落在卡斯特山上的　不是雪
落在七星岩洞里的也不是　亲爱
这雨水被黄昏又一次点燃

一根根线从天上扯下
柔软得像你的体温
穿过一次　再穿过一次

我被包裹　不再想逃
每一次都是初识
这短暂的声音　被捧在手心里
抚摸一次　就忘记一次
看 雪落了　雨也落了
如果那雪花是你　这雨丝就是我
亲爱　让我们一起落下　一直落下
直至变成尘埃

2018.1.18

第一辑　回声

回声（之一）

声音是一把钥匙
开启我的身体
它开始显露夜晚所有的征兆
仿佛一列火车从白色树林里穿过
鸣叫声照亮我的血液
像穿过黑色的草原

必要时　玫瑰雨水铺开身体
允许有片刻黑暗
这是被定位的回声
退下记忆的苔藓　裸露最初的纯粹

2017.4.18

回声(之二)

一朵花打开黑夜　粉红手指
被回声包围
从身体上滑落的象形文字
此时很温暖　像透明的嘲讽
穿透你多年的等待

推不开的入侵
引诱你流浪的身体
时光改写的声音　虚构
在石头外部
你推不开诱惑
只有风铃解开散落的四肢
而另一个世界　在舌尖上飘零

地下的岩洞　打开死亡的快感
一起蹚过地下河的人
被黑色的光灼伤 或许
这是一次意外

2017.5.13

第一辑 回声

回声（之三）

落在手上的回声
有你唇上的风　和温暖的羽毛
虚构了整个夜晚　你的声音
一点点亮起来
像收紧的灯光
落在堆满喧嚣的身体
裹着一池水的距离
一池的水很温暖
亲爱　你不止对抗自己
这不能改写的真相
需要一千次忏悔
空中的绳索　一直回响到天明
我不再挣扎
任这个夜晚开出黑色的花来
一池水的包围像一个婴儿
回声在你体内　也在我体内
重新出生

2017.6.13

老山药

这是一种致命的深入
你的存在　让开疼痛的黑夜与泥土
接纳或推开入侵者
老山药
你刺破空洞的黑暗
你的放置正好填满一种闲置的冷
这与泥土与河流有关
而河床受孕般隆起的腹部
相对改变了周围树木和云的眼光
对于泥土而言是不能阻止的偶然
又是一种必然　与生命有关以及雨水

老山药
你穿过神农的手指
谁也阻挡不了
你到达山居　六味
改变一个人体内虚弱的部分
你接受黑暗的姿态像依赖母亲

泥土
让你亲近与依恋
这泥土内部的接纳与包容
弥补和藏起你的沉重
这不影响你内部的洁白与生长
这关乎生命的姿态

你可以扭转一些人体内的空虚
使其忘记那些虚弱的日子与呼吸
你在体内生长
驱寒热邪气　补中益气　耳聪目明
这多像一个男人之于女人
女人还原成泥土　茂盛的生命之源
尽管这迟到的细节　掩饰不住
大胆的想象　就像这黑暗瞬间填满空屋子
而墙壁感觉到了　那震颤与活着的见证
那黑暗是墙壁流下的幸福泪水
而你一定对这泪水有所感知
老山药哦

2017.7.3

摘下面具的桃花

一碗桃花酒暴露了你
你摘下面具就像摘下黑夜
甘心做你的俘虏　在一个恰当的时刻
只有水流不知疲倦　但水流必须适可而止

想做你完美的情人
像三月桃花开在阳光下
无条件地打开自己
打开一片江山　为你
屈居于一种光　在风里
但不会拿走一片云

我想做你唯一的花朵
做你唯一的无助和软弱
唯一的羞愧与不舍
我想　拿走你的睡眠与黑夜
轻轻地

2018.2.28

第二辑　致命的黑森林

巷道

我决定赎回对你的一万次拒绝
只放置雨水　每穿行一次
黑暗就更黑一些　暗藏的潮湿
正咬紧牙关慢慢苏醒　一地黑水

允许一只冬候鸟　为你
系好纽扣　在有翅膀的街头
你是又一个天空　有流淌的屋顶
不至于将你挤到墙角
更窄的远处　是错觉
你将自己内倾式敞开
像沙滩上的蚌壳　有沉默的空

没有人看见我的泪水
没有人看见
我在黑夜中取出灯盏
只为了照亮你回家的路
而黑夜如此包容　在你的手上

就像一场没有开始的夜祷

最深处的铃声　划开囚禁
痴人被梦俘获　说与不说无关紧要
如此崎岖的巷道　只想穿过去埋了自己
仿佛想证明自己存在过
就有了什么在手里
那其实是别人的手　预制好的结局

在巷道　我已死去多时
人群里只爱情站立着
姿势优美　从来不肯退潮
像世上唯一不肯屈服的时间
从不会偏袒　但你的巷道是空的
仿佛你从未出生　你只看见无我在行走
你不能分辨
那些旧鞋子属于时间还是一个女人

生命的巷道　在最黑暗处黑暗着
一生都在潜行　克制
刚张开口　就沉默无语
而你　找不到充足的理由

2017.12.28

黑蜘蛛

一

没有死亡的死亡,编织葬礼
端倪缘于一处词语的伤口
你的网,只推进隐藏的距离
但拒绝愈合

黑蜘蛛
一开始就在逃,但离开的不是你
虚构的身体逃不出先前
赴死者误入歧途,一种炫耀高过黑夜
挂悬黑暗城堡,解开重量
你开始接纳黑风,夜晚和坚挺的光
在睡眠之上,一张网牵扯的睡眠
迟迟不肯躲入梦境
裂痕早就存在,只是风不肯承认

二

蛋白质与荷尔蒙一起发酵

生与死结成联盟,在体内腐烂

那被溶化的尸体,恰到好处

你找寻,但找寻也是一种逃离

被你轻松带过

还等什么?

黑蜘蛛

没有被听到的声音

在黑暗之后,在声音之后

回声折断,只有网还在 可大可小

无日无夜,只剩下黑与残缺

谁能挣脱?

三

倾斜的旋涡,黑蜘蛛

你分解体内的自己

也分解一部分欲望

暂且视而不见,这是致命的

你的黑像颓废的夜晚

没有靠岸的海盗船,水声修补风声

来自外界也来自体内

像一篮子黑血有日落后的静

谁在你的眼里留下影子

流水不会声张,看客骤变,迷失黄昏

而你准备的饥饿玄而又玄

吞噬在腹中相恋,你的毒无药可救
黑蜘蛛,你是疯掉的母亲,你为分娩吞噬的爱
父亲早已经逃离或在你的腹中重生

四

两年或三年,是你生命长度
不过一瞬,你在或不在 不必说
而你经历生死的手纹,没有退却
重复织网或毁掉,足够黑暗
而你从不拒绝

2017.7.25

阿多尼斯的吻，我的左脸，从此是一座岛屿

——2018 年 9 月 29 日欧阳江河北京对话阿多尼斯

2018 年 9 月 29 日，北京 798
尤伦斯大厅的灯光像你柔软的白发
被阿拉伯的风轻吹了 88 年
从东方到西方，从黎巴嫩到巴黎
你被清洗得像一颗发光的珠子

我在你身边被照亮，像一粒惊喜的灰尘
见到你，于我是一场意外的"灾难"
所有的悲伤之花都开了
整个大厅像一艘就要起锚的船

诗歌巨人，阿多尼斯你就在我身边
忽然之间，你吻了我的左脸
4000 公里长的意外和惊呆的屋顶，瞬间燃烧

"我谈论虚无，却把奖赏赐予生命"

第二辑　致命的黑森林

这蜿蜒的吻"是荒山上的一束火花"
骄傲地站立
这是留存在我脸上的月亮
我的左脸,从此将是一座岛屿

你在自己体外"流亡",
阿多尼斯,我的仰望
让另一个我进入你的后花园
果实累累,那是火焰和你的诗歌

你是领舞的人,我只是你远处的裙摆
一把剑遗失在流亡的途中
穿透叙利亚大马士革丢失的疼痛
我只在你的光里闪现,像慢慢落下的灰烬

我还理解不了那么多伤口开出的花
但不影响我爱你
不是因为你是诗歌巨人
不是因为左脸上的吻
而是,你伤口上的光芒!

2018.9.29

注:2018年9月29日,有幸去北京参加了欧阳江河对话阿多尼斯的诗歌盛会,亲耳聆听大师们的诗歌对话,受益匪浅。在见面会结束之际,近距离接触两位大师,当欧阳江河老师跟阿多尼斯先生说:这是南兮,从4000公里远的南宁来的,阿多尼斯先生忽然吻了我的左脸,颇感意外,做此诗存念!

南兮诗选
NANXI SHIXUAN

缺失的主角

被忽略的黄昏,关在门外
老房子就像一个旧箱子
一把锁锁住浓密的历史
而一些记忆旧情书一样
是你曾经相信的,苦楝树
第一个打开清晨,你知道这不是最合适的位置
也许它只是风随意带来的意外
而你期望的情节始终没有出现
一扇黑色的门通向夜晚

一切关闭都从陌生开始,你只看到别人的屋檐
而此时旧路装满心事,不知不觉成了秘密
还有很多你记忆中的,在心里准备着
像童年的海,游不到对岸
你孤独地展开一段旅程
这无法改写的未来退回从前
而你还会重新来过吗?

第二辑　致命的黑森林

经常忘记角色,想象中的存在
不论你已经离开还是回来
都在一个故事里,被瞻仰被怀念

2018.9.19

我遇见的河流

就这样隔着光与你相遇
那被照亮的伤口有温暖的回音
暴露最深处的质疑　无法愈合
岸不是归宿　形而上的河流
期待某一天从一个陌生的窗口倾泻而出
像巨大的玻璃　已被分割的温度
只是一场雨的自恋
一个临时的看客　不知不觉已身在其中
甚至石头的最深处　却不能真正到达

遇见一条河流就像遇见一场爱情
你在进入之前是清醒的
你享受那些失去方向的快感
除了水的硬度　什么都可以忽略
但河流会在你的体内流淌
那种动态让你成为荣耀的流浪者
却未移动一步　脚下的泥土

其实你从未真正进入
水下挤满异族语言　你轻易不能碰触
"你不过是每一个孤独的瞬间"
对于河流　你是一个入侵者
而河流的接纳没有高度

你也是一条河流　在自己体内流淌
你的冻结一次次改变主意
融化只是暂时的假象
没有一个理由能留住你
你把寂寞铺满大地然后转身离去

2018.5.18

未结束的舞者

收拢的梦暂时退去
落在舞之后的水域
你是水上的舞者　你静止的温暖
细节正展示你的另一面
This love
这是你遇上的黄昏
奉献的爱在睡眠之前
清晨会在你低头的一刹那包围你
微弱的静　就像一次洒落的呼吸
云落下来
有什么流出你的身体
在足跟处还有什么没有完成
像一朵未开的花朵
可爱的女孩　你递过来的宁静
正在指尖悄悄落下
像按住的想象　你一直在
而音乐正在四周无声照亮你

2017.8.18

第二辑　致命的黑森林

穿粉红色睡衣的女人

窗口的栅栏分离了光
围住你背后的想象,这致命的等待
是光的剑,穿透你
粉红色的蕾丝睡衣,无意遮住你的身体
寂寞的乳房胀满夜的潮水

倾斜的屋檐躲避偶然路过的人
谁来点燃一场风暴
"忘我而无用的专注"
穿粉红色睡衣的女人
在树林之外,被墙包围
慢四拍的舞曲
是一场雨的预兆
谁来接住你落下的暗示
等与不等都可能是错误

月光无罪,粗暴剥下你的衣衫
每一个蕾丝都是一个入口

暴露了你尴尬的午夜
而谎言隐居在你的身体里
说与不说都一样的空

2018.8.24

第二辑　致命的黑森林

千年

替我拔下房门钥匙
替我准备好荷叶茶、粗瓷碗和老式木床
再准备好一句：小傻瓜
屋角的蛛网是崭新的吊灯
挂着2000年前的月亮

别笑我奔跑的丑态
跛脚的我在林中收藏空白
那是光落下的地方
你为我解开夜晚和衣裙
把我安顿在看见日出的地方
雨和着瓦片唱着古老的歌
木楼梯笑得抖了抖
你顺手递过来一根拐杖

2018.8.30

蛇头蛾

"像偶然落入林中一片悠闲的叶子"
蝴蝶从不为你的午后申辩
夜晚的灯光替代你眼中的月亮
影子的痕迹像散落的毛线团
阿特拉斯兄弟
你翅膀上打开的窗有透明的想象
但你并不拥有这个喧嚣的世界
你极少数的消失
漂泊是你难以治愈的病

你展开210毫米的翅膀,
关闭所有的探访,寂静
潜伏在乌桕树枝上
就像无意间飘落的花毛巾
你的毛刺遍布全身
但你从未伤害一段记忆

毛茸茸的触角

第二辑 致命的黑森林

像旧电视天线,举着更多手指
对每个人都公平,这种奢望持续很久
你需要一盏灯,照亮白天的祈祷

八月点燃亚热带的扶桑花
它们在热烈的午后小心地盛开
从一辆火车开始,江边空无一人
你用蛇头坦白自己的脆弱
这凋零的借口,不能回避
仿佛这样才可以欺骗自己
并安全跨越一道钢筋栅栏
一切伤害都真实存在
只是无法拒绝在发生以前

蛇头蛾 这美丽的蝴蝶,被空白收藏很久
假象在你身上,这不是你的错
一生都在学习潜行
坦然的背部花纹就像一个子宫
一个偶然生下自己
一些偶然制造假象
你解脱乌桕就解脱了自己

你无非有了蛇的眼睛,常背负蛇的愧疚
你无意欺骗你的翅膀
然而你绝不申辩,你只是

在寂静的枝丫间像一片精致的叶子

2018.8.29

注:乌桕大蚕蛾是世界最大的蛾类,雌蛾的翅膀面呈红褐色,前翅先端整个区域向外明显地突伸,像是蛇头,呈鲜艳的黄色,上缘有一枚黑色圆斑,宛如蛇眼,因此又叫蛇头蛾。

南方和北方

趁机潜入你的林中
在丢失一片冰雪之后
这是最好的时机
愿做你茅屋的守夜人
星星也为我停在这里
这不是真实的世界,我的爱
我愿溺死在你的星河里
洗去所有尘世的庸俗,只爱你

关上一扇门,世界瞬间消失
我将失去我自己以及每一寸肌肤
饥饿的月光不再来
檐下枯井像一朵盛开的蝴蝶兰
我被旧绳索捆绑被自己要挟
钥匙在你手里,亲爱
所有的石头都将破土而出,当你出现
而乞求正低头掩饰,并感谢你的固执

一场意外的雨改变了我

请原谅,我没有把自己完整地交给你

一部分已经被风啄食

现在,整个夜晚都是你的,亲爱

那个虚构的我也交给你

我的光明建筑师

你手指上柔和的光点燃我

最明亮处在你的唇上

我把自己悬挂在脚手架上

只为看到你的屋顶

但是你看,亲爱的,天就要亮了

这不是虚构

南方和北方,我一次一次捡回自己

把残缺的自己藏在你手心里

唯一一次

我纵容了自己

2018.8.21

空缺的手掌

黄昏的心圩江像桥上昏黄的灯光
有不可救药的寂静
水的深处有矛盾的绿与黄
明与暗纠结在一处但无法消融
此刻最易于收藏心事

外乡人沦为看客
这是我客居的第十个年头
水中安静下来的一簇滴水莲
今天的绿有些不同，这陌生的暗示让我停下
我看见手掌被一滴水划开
空缺的部位看不见伤痕，有重复的空

陌生的江边不知道该往哪里走
"只朝向多种可能"，现实与虚构纠结在一起
远方绚丽的灯光就像得不到的爱情
握不住哪怕一小部分
而岸是为谁准备的路途

心圩江，我的瓦尔登湖
不渴望不忧伤，一切都已经安排好
我退回到水边，对着水会心一笑
平静的水死去一样安详
水下的鱼儿四散消失
就像又一次出逃

2018.8.20

隐居

"我们开始吧,从那些没见过轻帆船失事的地方"
"和不曾看落叶的绿色荒僻处"
趁机忘记一些事件
你在一个角落,安静得像一个句号
做饭,去阳台晒衣服
而厨房空无一人
就像一幕室内情景剧
但没有情节

只是一个过客,黄连木点燃黄昏
潜伏着一万种可能
它们看你的眼神就像看遥远的昨天
唯一可能泄露秘密的就是这个游泳池
你暴露细节,横在水边数遍
像生活在一部英国小说里
忽略岸上看客的眼神

隐居,却无法隐去时间的擦痕

你划开水的姿势没有隐去
水底的影子不是你
你不想上岸,鱼儿也不在这里
但你如何隐去自己
这唯一的存在
在时间的阴影里逃避
"而爱来临,撕裂与其结合的心,正如爱应该如此,
是我们最高的愉悦和最深的苦难"

2018.7.29

第二辑　致命的黑森林

在邕江
夜晚的灯光像为你准备好的故乡

小叶榕挥舞着小手掌上的旗帜
落在桃源桥应和的彩色灯光上
在邕江的波浪形岸边
每一朵浪花都在幸福地流浪
运沙船像手掌在你身体上划过
水里颤抖的光像苗族姑娘的舞蹈
银头饰划过坚硬的冷在一座冰城

红色朱瑾花开放之前
爱你的人在笼子里挥霍爱情
红船标敞开伫，有虚构的真实
一开口孤独就羞愧而来铺天盖地
但船已驶向起点
真正的虚无在青秀山的香火中
被无数只手点燃

燃烧的雨会在陌生窗口复活

在棕桐的掩护下像异族人入侵

十二个花瓣的屋顶

溺水者写出的誓言

从水中来的夜晚

你始终逃不出

故乡之于他乡

"对它们我同样献出忠诚"

2018.8.6

瑶 山

一

1300 米高的神

今天有绝对的话语权

所有在场与不在场都为你辩护

你在石头肩膀上荣耀和成熟

释放深度咒语　恰当地堆满

唯一的广场　等待某一刻被大山收藏

石头上盛开的灵香草　越来越轻

供奉在大山最高处

舞蹈打开你的神秘

就像打开你尚未老去的民族

你的记忆　就是山的记忆

这是无奈也是荣耀

黑衣人从屋子里走出　找不到自己

敞开柜子　就像打开胸腔

瑶族女人　你头上的红和腰间的红

是挽留自己还是诱惑入侵者
一条石头山路　一直走到无路可走
谁是最初的"猛敦"和"猛莎"
你们背着自己逃亡
而神一直端坐着　没有言语

"米娘娘"你替代了自己
举起最高处的稻谷　开启祷词
在瑶家祖母的肩上　一步一颤
山子瑶　你的名字正在山顶　小心地探出头去
脚下的惊险　悬崖　允许这一刻的安静

二

受戒的风声一直在山顶打转
"4米多高"的木柱摆成正方形
这是盘王神给你的权力"跳云台"
需要你用全部的勇气填满一个高度
一个男人就这样重回人间

每一块石头下面　都有一个神灵
召神劾鬼,驱灾迎福 受道之人,这是你吗?
为活而活　耕山地种糁子的手
有"猎神"师公为你作证

三

210个影子覆盖的大瑶山啊

第二辑　致命的黑森林

陈旧的单薄挥之不去
被高的和矮的石头宠着　辨不清方向

金秀与圣堂山　不是入侵者
你收紧黑衣里的身子
只剩下男人和女人
惊恐地躲闪着　最后一道门
这极少数的宿命

2018.2.2

孤独是一截醒着的骨头

这是海水里的火焰
只燃烧自己
出口在最深处蔓延

孤独
没有伤口的疼痛
像一截醒着的骨头 极力想睡去
只是走不出梦魇

孤独
冰冷 坚硬 无形地燃烧
这拒绝中的拒绝
这暮光亮出的黑暗
骨头也被点燃
临摹你的身体
这来自血液里的顽疾

足以改变你的最初

任由陌生人打开你空乏的爱情
一场假寐　声音在远处
不可预测
不可更改　任时间腐蚀
而你手指冰冷
张了张嘴
僵在黄昏后面

2018.7.1

湖心岛的白天鹅

湖心岛的白天鹅
允许你停在这里
允许　你裸露身体的冰冷
木菠萝的叶子正推开风
但湖水看不出它歪到哪边
而黄昏会识别岛上的路人
来证明真实的夜晚

被分割的影子在水底　蓝得极不安分
"只适合隐居"
这小小的湖就像一个承诺
你在水底写一封信　但找不到地址
所有的泳者都只是你的梦境

不告诉你　白天鹅
是一个心甘情愿的溺水者
不告诉你
躲进水底就能世界太平

栅栏从四周站起
看客的眼睛像一双手
快速剥开你的衣服

2018.7.20

途中

这是没有选择的选择
最初的碰撞与寻找
自然的精气之血无方向游走
而你沦为走动的白天与黑夜

在途中,神秘如黑洞之帆
最初的来处都被孤独遗忘
任光亮反复敲打,像不同的叶子悬挂腐朽的荣耀

经常看着自己倒下,像一块被砍伐的木头
无法分辨,收缩成无边灰烬
这不能预设的四方之途,在眼睛闭上的一瞬
最终成为陌生的墙,这乌有之物
以眼睛为动作
石头与水成为帮凶

途中,你只是一截悬崖上的树枝
被怪鸟反复提醒

第二辑　致命的黑森林

黑夜顷刻间就占有了你,无处申诉
季节的深巷在不同之处打捞
一个偶然便无法回头

你无手可握,伸过来的可能是一把刀或一个谣传
在脚下发酵,长出乌有之根但花朵毫不知晓
"直到哑然变白的动作脱去四肢栽入泥土,
以根的形状暴裸年华"

无论怎么走,你只在边缘结胎
冰冷的子宫,平坦的假象像收割后的麦田
你抓住别人的手像抓着一棵稻草
尚未完成自身的救赎
而一扇门关闭的黑夜极不安分
直至化为无形

恰如你在海中,进入与挣脱改变不了存在
狂暴的沉默之门像打破极限的群鱼
哪一个是你,你被波涛淹没的呐喊寂静无声
小于一次失误,而你已在深处
急流与懦弱为伴并行在纸上
有时你是一部分阳光
片刻即成行走的黄昏,无以挽留

在途中,物与人同行

而你悬于夏之上，聚散无常

极短的柔软做呻吟状

像你一路收藏的幸福

在否定与否定之间

你静卧成唯一的路

但从不乞求

2018.7.10

檐下

这时阳光正好
花狗在檐下追逐着什么
一定不是原来的那只
"穿凉鞋"的人回到现场
看见影子自从前落下

牵牛花还努力开着
再次确认　母亲今天不在
窗子在檐下空着
像空白的远行（仿佛故意留着那些空）

努力想记起一些路过的名字
又被陌生人夺走
他们都没有真正进入
（留下还是离开　都不可饶恕）

夕阳与影子在檐下
植物一样地生长　直到淹没一百个四季

直到填满所有的空

你不是故意低下头来
屋檐　这是唯一　一次
你看着我的父亲出生
那个在檐下等待的人
脸上涂满我的惊恐
是从此消失还是从此消失

"你看,他们不让我随心所欲地去爱"
我是自己的屋檐
常强迫自己低下头
这次我决定服从
这唯一的故乡

2018.7.1

雨中的马

停下的耻辱暧昧地灰着
像一块多年前的旧抹布
在一个脆弱的角落做一场精神滑行
而水越发急促起来
拉不住你的脚步

这是第几次逃离,暗中主宰的黑水
从天上来,没有预告地包围你
从无形到有形
而你不仅仅属于自己
真实的肉体又一次被自己抛开
你抵不过雨的硬度

你的奔跑像一座山的睡眠
只是睡眠没有方向
一场突来的雨
谁是最后掩埋你的那一滴
走或停,都握不住命运的缰绳

只是雨不肯承认
击中你又逃开
终逃不出一次必然

注定孤独地面对一场雨
马儿呀,你咆哮的沉默像歌唱
踏过碎片的身影是一把陈旧的剑
在雨中,你一次又一次击穿自己
却不知哪里放牧真实的伤口
"十面埋伏"正为风助力
一首琵琶曲瞬间被弹奏一万年
雨中的马,走或停都是你的辩证

2018.5.2

停下来的王府

——2017年11月11日参观桂林靖江王府有感……

穿越
公元2017年11月11日
黄昏　比王府的甬道长了些
640年风声开道
打开靖江王府冷暖
二十年血汗打造云阶玉陛
扶不起王爷的体温
"远处的疼痛会潜伏下来，
不经意间握手言欢"
落在《广西藩封志》上的神话
最后只剩下骨头

公元1372年独秀峰下的阴影
无法把一段历史穿在身上
演义真实的病体　读书郎走进走出
足以金榜题名　状元何在 一缕烟尘横地
没有声音　分开一声惊堂木
墙壁挂满黄色回声　找不到出口

南日端礼　北回广智　占据几阵风
东日体仁　西日遵义　承纳一方水土
四门之多　可能随意进出？

三元及第　荣耀了几间屋檐
月牙池　弯过多少王爷的脚印
唯有独秀峰　呼唤抬起的头颅
还有几张王爷的脸　落在三神祠

傩舞未停　笙歌尚在
五行穿于其中　多少舞动的影子
卧地不起
"未若独秀者，峨峨郛邑间"
大片的庄稼倒地　农民的后代
一把大火　一直烧到结尾
放生的汉族格格
一段佳话　浸湿石头上的荣华
厚壳树　穿越二百五十年烽烟
大火烧不尽　你抓住青天
见证一个王朝的细节
静静地停下　王府　你是一个证人
明亮地站立在桂林的暖风中
从未离开

2017. 11. 13

第二辑　致命的黑森林

最后的白鹭

——读沃尔科特的诗《白鹭》

一片叶子已经安睡在岸边
只望见你的背影
那是来自加勒比海的棕榈　倾斜的
秋风摇醒一间黑色茅草屋
你身旁一只白鹭在跳舞
那是加勒比海的孤独
那黑色血液在夹缝中变白
这最后的舞蹈　你不再流泪
只有血　白色的血　蜘蛛样爬行

那是八十七年的自由意识在血液中觉醒
《奥美罗斯》式的觉醒和爱
荷马可以笑了　沃尔科特
你像一只掉光牙齿的雌性琵琶鱼
在加勒比海底　无处逃匿
你身体上的光暴露了你
那是《世界之光》

"头颅变得几乎和这张纸一样白"
你看到最后的消失　就在眼前
爱与死亡就像一对裸足兄弟
一起走近你孤独的眼窝
"糖尿病在静静地肆虐。
接受这一切,用冷静的判决"
但你的爱就是那天使样的白鹭
有白云与天空的长度和宽度
照亮加勒比海上空
也照亮这个黑白的世界
这不是最后的一只鸟
静静地飞过一片水域　中途回头看了一眼

2017.9.19

第二辑　致命的黑森林

城墙

一

这是我与人间相隔的地方
土木 青砖 石头以及褐色的蛙鸣
能隔断生死吗?
一片森林正沿着坟墓走向灰烬
标注那些熟悉与陌生的头颅
像昨天城墙上的旗帜
无影无形无我
京师 王城 郡 府 县 一个古老民族在筑城
阻挡敌人也阻挡自己
谁在城外窥视
新石器的无锁打开几千年的城
"有石城千仞,汤池百步"
却挽留不住生死轮回

二

人们越来越善于把城墙筑在心里
这无形的墙有坚韧的固执
但掩盖不了夜晚的漏洞

黑色灯光弯过墙角
暴露虚无的四方之门

"天下山川,唯秦中号为险固"
这个盛产五行与无形的城
总是能建筑最坚固的墙再自己打开

三

最可怕心中没有一座城
却四面皆是墙
砖和石头排列的心一点一点被拆掉
每一块石头上都有无数只眼睛
看见刀光剑影也看见血与风声
而墙又能阻隔什么?

四

有形与无形都在一念之间
城墙的内部与外部永不停止征战
与别人征战与自己的征战
生和死的秘密就在墙里墙外
其实城墙阻隔不了什么
透过它可望断人间

2018.5.28

第二辑　致命的黑森林

亲爱的温暖

悬崖上的绿萝花结满了风
姐姐　你的钟声悬在枝头
只有一片叶子遮挡

姐姐
在林中遇见我的俄耳莆斯王
那个反复在我梦中出现的陌生人
这是一次特别的旅程
我把自己邮寄
没有地址的远方
行李箱里的问号　拷问我的出处
姐姐　你告诉过我
"为了理解白昼，你应该学会阅读夜晚"

姐姐
我不习惯闭上眼睛阅读
睁开眼睛就是尾声
一座雕像　带我走过一段悠长的序言

过了大半的路程　姐姐
我不能走下去　俄耳甫斯王已自我分离
一个虚构的雕像碎掉了
碎片从希腊一直到邕江

姐姐
你看见我的眼泪陈列在列斯波斯岛
奥林帕斯山麓的夜莺停止歌唱
你看见挂在天空中的七弦琴
从此无声

姐姐
只有你不可取代

2018.3.22

第二辑　致命的黑森林

大蛇的鸣叫

一个跋涉者失去方向
你在自己的叫声里失去语言
像一列火车迷失在沼泽地

不设防的天空下　卓身变成肉身
你的出走　一个时代跟着开花
而你的停留像绳索　只捆绑自己
诱惑温暖的光在他乡之夜泛滥

15 度睡眠在冷血里不肯合上眼睛
遭遇鸡冠石上的潮湿
而你的来处鳞片一样碎掉

以爬行的方式飞翔
计划外的叫声飞上天空
直到看不见

大蛇　你的叫声有毒

像一片狼尾花的封印

冰冷地燃烧

　　　　　　　　　　　　　2018.3.16

听雨的石头

顷刻的柔软　丢失形状
是暂时的假象还是真实的谎言
难以分辨的时间划痕
消耗的瞬间让我沉默多年

以拒绝的姿态接受
然后再说服自己　热烈的忧伤
通过泪水击碎自己　任性的雨
四溅而去　这破碎的真实
常常让我逃开　让我无法分辨自己
就像这个混沌的世界
只能掩盖一部分
而真理常常穿上虚伪的外衣

听雨的石头还是石头
而雪正在夏日里粉饰自己
神秘的来处　谁都不曾提起

雨水分解了你　无数的石头
在融化　这死亡的痛感
蔓延开来　又自行消失
但雨水依然存在
透过迟到的阳光　你的姿势
没有开始　也没有结束

2018.2.16

旧照片

> 爱与死，因相互照亮而加深了各自的黑暗
> ——欧阳江河

距离很近
但拿不回一小段时光
这是你看到并承认的真实存在
没有一扇门让你进入

你要做一次长途旅行
用一生收藏
流放的河水扫过你的记忆
那些出现在你生命中的人
照片上的人　你甚至怀疑他们曾经来过
曾经伤害过你遗弃过你
不经意间你就绕过的那些痕迹
有时候落在你的腿上　紫手印
就像一只白鹭遗失的翅膀

这一张
已经不存在的面孔笑得很安详
那是你曾经叫爸妈的人
此刻　他们若从照片中走出
你一点不会惊讶
冰凉的手指会一直在你的手心
但你不叫出来　就这样
一直走到另一张旧照片中
你也会成为别人眼中的一小片风景

2018.1.5

南兮的冬天

将终结于一条河流
很热的雪　就像没有雪
被冻结的路口
道路在流动　方向感丢失

其实南兮没有冬天
她经常　从冰层捞出另一个自己
然后看着自己消失　有水流的速度

其实南兮不知道南兮是什么
也许是一个符号
没有体温　飞翔与凋零
最冷的时候 靠想象取暖

"有鸟自南兮，来集汉北"
其实界限并不存在
界限只是被规定的虚构
南兮飞来　又飞去

没有痕迹　　被时间遗忘

被生死遗忘　　而南兮只是只鸟

从来处飞来　　向去处飞去

始终是个谜

2017.12.5

第二辑 致命的黑森林

出逃的雪城

从一次次劫难里你找到我
——王家新

—1—

出逃的想法装不进一个行李箱
就像在酸菜缸里发酵的冬天
黑水一天比一天粗暴
弯不过这个冬天的墙角
冬天不在乎性别
颜色涂在练习簿上
被擦去很多次
如果昨天也可以擦去
那　该有多好

最好一个熟人也不见
你像一堆雪一样盘起腿
挤压自己

身体与身体亲近又分离
直到与自己互不相识

这是多场雪落在一处形成的硬结
形而上的雪　在多年前落下
一直落到你身上
你出生在雪中　那十二月的喜讯
被清扫被瓜分　被埋在一处遗忘
一个朝代千年前睡去　至今还在梦中

—2—

剪去一些羽毛　剪去划痕和脚印
你折断的手指是一支内倾的笔
暴力的笔　书写温暖的文字
这是排在人性之外的
烟头上燃掉黑夜　那只是你的一部分
他乡　不仅仅是他人的

—3—

那个公园　水被围困
树干像一只倒置的酒瓶　男人在树下
醉去后身体透明
女人忘记带钥匙
夜半　她站在婚姻的门外被强暴
手里握着生硬的证据　默不作声

第二辑　致命的黑森林

她只是闭着眼睛　想象的门紧紧锁着
雪在门里落下　无人理会

现在　雪以雨的姿态逃离
减去一些声音和午夜的时间
箫声在别人的窗口吵得很凶
高调跳楼而下
像化掉的雪滴落在红色土地

—4—

逃过几个朝代　被割去性别
暗中的黑雪得了哮喘　在别人的屋檐下
替代谁的呼吸　胸腔杂音增大
X光无法到达的角落

分不清你是雪花还是雪花是你
你终于隔绝了自己　在他乡
你不需要说话
一座城　一片雪花　还是一个女人
都有自己的位置

2017.11.25

夜之门

> 我在海边的沙滩上行走,沿着时间消失的方向行走,一边走一边用脚后跟轻轻地擦去脚印。
> ——圣琼·佩斯

我既在里面也在外面

夜之门
在我身体里某一个隐秘的地方
时常被自己看见
很多次路过自己　那一地碎片
一堵墙的真实
取决于它身边的物质
而时间在你睡眠后面
被梦捕捉
只是你感觉不到流逝

有时候我忘记关上身后的门
就算有钥匙　也被锁在寒冷之外

第二辑　致命的黑森林

渴望的改变不过是一盏豆灯
但不忽略黑暗
黑暗之门霍然被一束光打开　像明亮的枪口

不管你愿意不愿意
夜之门
就在你体内某个隐秘的地方
有时候你需要一声枪响

2017. 10. 1

出埃及记

一

躲过创世纪的钟声
摩西　你刚好赶到　不早也不晚
从一次"失误"开始
羊群已走失
利未人的眼　举起一只牧杖
一条开始蠕动的蛇
不是为了证明你自己　摩西
这一步　有失陷的意外
神的手指"离开泥泞的埃及"
而法老王的耳语
像零碎的刀锋　你需要解开一些石头内部的绳索
去寻找熟悉而陌生的迦南地
希伯来人的天空

二

青蛙与跳蚤的城　法老王的城

你善于奴役黑暗

苍蝇说出瘟疫　冰雹与蝗虫乱飞

你善于经营杀戮

法老　那些纪念日　一河的黑血

哦杀戮的……埃及

天就要掉下来　而黑暗在上面

三

雅各的脚印　在埃及

先祖的唇上　有初始的欢愉

在身体里觉醒

绳索　皮鞭和石头

都是死过的

死过的还有　沙漠和男婴

摩西　你是其中的一个夜晚

"从水里拉上来"

在公主手上

不知道要停留多久

例如水边的竹篮

一个奴隶　在下埃及歌珊

法老王剥夺了你出生的权利…

牧杖与蛇的纠缠　提示你

摩西　是时候了

西奈山上的火树已经盛开

你们要离开埃及　这肮脏之地

你的生命　在犹太人手上
那不是你自己的

四

米甸的西坡拉　在水边
来此饮水的羊群
神看着它们
也看到你的儿子
西坡拉　是你儿子的母亲
走下西奈山　摩西
你完成了众人之爱
"十诫"打开的犹太人
出发吧　红海　你让出的水
见证神的手指　在你的左边
也在你的右边

五

四十年的行走　摩西
你要死多久
才能进入迦南城
希伯来人摩西
你一直守候在犹太人的门口

2017.6.8

我沉静地走过

我走过时
黄昏落在门前的苦楝树上
落着花香　我走过
寂静的　我是最后一朵

已发生的一切多么沉静
我不打算避开一扇虚掩的门
我推开身体　不选择早晨和夜晚
遗憾像一间空屋子
只藏住声音和光
只有这种气氛适合于
强光照耀一个正午
我像一朵花一样打开自己
过早显示了黑暗　哦
苦楝树已从夜的深处走过
那是我微笑中透出的
意象中的紫花瓣　唯有沉静

苦楝　你也是我的身体
在枝头　一个季节放置的故事
犹如风潜入空屋子
现在　悄悄的　像什么都没发生过

2017.4.29

第二辑 致命的黑森林

身体里的一只手

一只手在我体内
它是身体的一部分　它是
从简单到复杂 最后是黑暗

它试图唤醒血液
有方块字堆积的意象　它来自生活
来自什么叫疼的地方　或者忘却
它有鲜明的象征
手指上　旧伤痕是凋零的花瓣
我把这疼痛误认为爱情
爱情　在手指上无缘无故

一只手　在我体内从苏醒开始
尚未从身体离开 哦
打开的一小片天空　那雨水还在下
那雨水原来从未死去　在手上
我通过它误认的生活局部
从简单到复杂　最后是黑暗

一只手会时刻走入我的身体
沉默的或带着喧嚣的外景
在体内蔓延
似乎一只手后面还有很多
而我看见自己在碎裂
碎裂在手指上　我的身子正分开黑夜

       2017.4.26

第二辑　致命的黑森林

裂缝

我说出裂缝
在很远的地方说出　很远的
像树木与河流
还有天空无法漏掉的黑夜
我伸出手感到疼痛的
更不可触摸到的黑色血液
只证明裂缝被光照亮

荒凉的黑或白
无法分辨的真实与虚构
好比　不小心划破的镜子
好比一列火车正穿过时间
但　裂缝隐藏在我的体内
无法拿走　无法从生活中移开
但　呈现了什么
这存在的内部与外部的阴影
就蔓延开来　构成一种新的完整

2017.3.14

一个人

一遍又一遍
确认自己被关在门外
体验强迫症的　是钥匙
过一道门又一道门

敲门声隔开午夜　证明逝去的
在进入睡眠之前　单身女人
十年或更长的一天
有时　你离开自己久一些
回头看见一张陌生的脸
你省略概念　睡在虚构的夜里
梦　进入黑夜的身体
一次次进入枉然　然后死去
像一捆柴烧着你手势之外
而你闭紧的嘴唇像关上的窗户
灯光推开的话语散落在四周
但你怀疑什么都没听见
像睡着的婴儿

第二辑　致命的黑森林

不需要证明的存在　你活着
你在人群里　像沙子脆弱而沉默
现实　你只在一本书里
冷在一杯水中
你越来越简单　像一片窗帘
只遮住了自己
其实你没有发现
今夜有什么特别的地方
脚步声在一个 两个 三个房间
再次响起　你从未听到过一种满

2017.4.13

断木

月亮拿不走夜

你的存在　穿过并走得更深

而石头　这无法愈合的伤口

有一半被风拿走

连同你的皱纹

那些细细的

从你身体上走过的

有隐喻的牙齿

这些裂缝　有谁理解

还有一些未完成的疼痛

已经成为风景

而你心里还有什么放不下

枝条是你伸出的手臂

想努力抓住什么

你看到了大地的阔远

感知体内的水流　在远方

你得到的是流逝和安静

你努力伸出手　叶子举起身体

你有支撑的力度
在某个时辰
断裂的声音正从你的身体走出
你正好看见远处
还原你的一小部分
那是你的　活着的见证

2016.5.1

哦　灰鸟

灰鸟　你曾经来过
雪花刚好盖过你的额头
雪中的灰鸟　那时
离你的夜晚又近了些
灰鸟　翅膀上的灰烬
某些死亡
似乎雪花一样飘落门前
灰鸟　我只按住一些想象

涨潮了　我看见你新鲜的背影
也看见暗示的水声
我看不见别处——
还有你远处的一个黑点
它落在我的眼里　从未离开

2017.3.10

梦

一

装进瓶子
就是瓶子的模样
撒进水里　就是水的一部分
放在黑夜　就是夜高度

无法选择　你藏在深处
需要进入和穿透自己
才能摸到

二

你穿过水底的暗礁　像一棵树
结满星星的树　蓝色和黄色
灰色或黑色的不能拒绝　真实的存在
很多时候想逃离　只是逃不出自己
像不能摘下树上的星星

三

你感到蚂蚁和星星的沉默
也看到七星瓢虫爬过的草尖
和一颗露珠的行走
听到所有生命的私语　水的深处
呈现了怀疑的局部
根本就是你的一部分

四

你一直在行走
一个房子到另一个房子
一座城到另一座城
小心翼翼　生怕打破一个你
更怕应和一个你

2017.2.23

春天第一只蝴蝶

其实　你已经走了很久
只是你无暇回顾
花儿已开了　花儿
不知为谁准备的路途
已装满春天

蝴蝶　你占据水和草
甚至我失眠的一角
只有回归的叶可以挽留
你的翅羽和眼神
只是你已不想提及
很多　先于你消逝的
你饮尽的明与暗　象征什么
你只吮吸了一个名字　就这么美

2017.2.15

那鸟

那鸟 停止寻找时才明白
月光的树林 很美的
在翅膀上沉默 你寻找的
不只是遗失

你看 屋檐上有温暖的雨滴
和被时间改变的颜色
记忆 还挂在那儿

不能选择的 只是
月光会不会做你的翅膀
那一棵橘树 会不会
飞出你的睡眠
绿萝花 是否还守着某个影子

鸟呀 你内心的飞
如一盏豆灯的照亮
有温暖的午后

而你全部的羽毛
被风吹落一次又一次
裸露黑夜的背后
是一个清晨和你的名字

2017.2.1

一个转身

我和我的影子　在最后
一刻　在某个角落
未被分离的还纠缠在一处
——"曾经美丽的雪花"
在你看不到的地方
一直在左侧和右侧　没有完全落下
你以为那不过是雪花

而你看不到的已结满冰凌
是无法分开身份的真实
可一个转身就形成了
我分离了我
就像一个转身　离开
一个在原地
两片雪花的爱情死于一场拥抱
这已找不到的场景
只表示你在我的身后
像雪落下来　哦　翅膀的翅膀

我寻找的暖

在转身的刹那　如散落的花瓣

落在胸前　但不曾看见

2017.1.29

黑森林

你想说　黑森林是事物的背面
但黑森林不黑
它引导你看见
某些生活中最黑的部分
安静地在那儿
让接近它的人去造一个句子
揭示真实的世界

只是夜晚的月光　洗净
沾着灰尘的睡眠或你的睡眠
也将会退出流水
退出树梢
你放下必然的姿势以及阴影

只是你还不肯相信
黑森林　那些真正的隐秘
从深处升起的星星的光
翻过的　还有那么些坠落的呼吸

第二辑　致命的黑森林

苍白的逃脱　不一定完全印证事实
——哦　这生命的意义

黑森林　你的象征
你深处的鸟儿正鸣叫　天空
有你忽视的坚持以及脆弱
远离抑或接近都是被动
因为　你不能正视生活中的黑森林
像你的某个沉默　黑森林落下来
你会退出流水　鸟儿在酣睡

2017.1.19

一片雪

是的　你被包围起来
直到看不见自己
你的存在
像被风吹散的花瓣
终止与谁的怀抱
失去自由　又埋葬自由
但无法拒绝的黑暗
只是短暂的停留

这微不足道的一朵
你不能禁止自己在梦里
一次又一次出现
可那是你说不出的部分

也许　那是你爱的唯一方式
一转身　就是一滴夜露
抑或是被谁丢弃的一滴眼泪
但 你不能确认失去对冰冷的感知

一片雪　没有谁去平衡一种下落
为爱融化的全部　还有更深
也许那是你的宿命　你只剩下的笑容

2017.1.9

南兮诗选
NANXI SHIXUAN

白的存在与虚无

白是一种存在　是虚无
后面隐藏的还是白
你只是感到有某个暗示
宁愿相信一种真实通过的纯粹

好吧　你假设了那些美好
或许现实正疯狂地等待
而你看到的白又是无力的
白色的墙和面孔
这些似乎已忽略生活
如果生活是一个黑点
你是黑点的黑点
亲爱的自己　渴望的是白一样的纯
那是瓷一样的　像牙齿
允许咀嚼任何坚硬的东西

哦　白色有隐形的光
你只希望寻找最初的色彩或质

只在白色中轻信某些现象
让你想象死亡时也有美好的一面
而 你感到未来巨大的牵引
这虚构的现场　通过身体
在白色的虚无中消逝
让你的存在走不出一种消隐的
焦虑和不安
就像你的爱　因为
爱　失去色彩也得到色彩

哦　白色的纯性和暗含的不可动容
失去的原谅又得到的
你经常找不到自己　就像此刻
白色中化掉不属于自己的生命
而你已习以为常

2017.1.8

死相

那时你经过一列火车或是一片树林
你不记得来过　但你遇上一棵树
一段显现黑暗的手语
你一次又一次相信的那些真实
只有远处的窗　在沉默

你看到火车上的你　毫无表情
感觉不到时间　只剩下概念
空中没有着落的云和雨　还在犹豫
你放不下手中握着的哭声
你知道那坚硬的哭　也是一列火车
而 你没处安放的眼睛　推开的睡眠
海水一样晃动的泡沫
像丢失的笑声　你拾不起

怎样穿过黑夜　你忘记疼痛的告别
但你不记得你来过"它并非不真实"
像划痕在一堵墙上

第二辑　致命的黑森林

你不想占有的空间偏落下
像鸟儿放下的过去

2016. 10. 6

释缚雅典娜

倾斜的笑站在前边
奔跑的哭声　同样吸引你
你经过一道门
没来得及拣选一些颜色
只听到咒语盛开
而停下　是死亡神秘的行走

雅典娜
你被蛊惑杀死
宙斯　至高无上的吞噬
完成了一个神的大饥饿

雅典娜
你放低的姿态落入草丛
遮盖农家女的一张网
而波塞冬尚未消逝的白马
从未遮住你手上的橄榄枝
不需要被证实的

"你的精致的固执"
落在一座山上

雅典娜
你守护一座城的姿态
一直在照亮自己
黑夜也不能剥夺的光
你完成了

此时　织布机上的厄耳伽涅
你的爱是一把宁静的梭
一座城的夜晚　奔跑着鼾声

2016.10.5

坐在石头上的女人

雕塑　会让你走出身体
从背部开始放下一点重
像石头上的女人
放下看见的事实
这一定是被风安置好的
出于雕塑家的手指
坚硬而凉的石头提醒了你
远处的注视不过是远离某种现实

现在　你就是坐在石头上的女人
你看见汲水的人打捞的生活
哺乳的女人半遮的乳房
你看见她小女儿的眼睛掀翻路人
但 这已经定格

这是一尊雕塑
有一种对抗或被压抑的质感
有什么要嵌进她的身体

其实 这是一种行走方式
在女人的姿势里
挽回了你此时的感伤
就像一片叶子正好飘过
石头上的女子
复活和美好的一瞬或永恒
她只提醒你真实的一面
让你打开自己
现在 你面对她无法展示一条路的宽度
你已有石头的一半
那一种坚持就像雕塑上的女人
用身体填满的裂缝
女人 还能继续隐蔽地行走

2016.9.28

我要远离自己

我正策划远离自己
像薄荷烟红酒　绿葡萄
点燃发呆的墙
一张白纸的墙上
早失散了另一部分身体
我的一样
像月光落在窗台
很多时候　我说那是一根发丝
和我重叠的夜

那么　让一杯红酒死亡在脸上
让一碟绿葡萄塞满我的唇
而夜的声音正袭击了谁
一张纸一样白的夜　月亮的下面
我不能把他关在窗外
只轻轻放在桌上
就像放下另一个自己
那些柔软与坚硬都被台灯照亮

这是放下的另一个自己
像晚来的潮水
倒下一片　再倒下一片
不断的否定
然后　我会选择某个夜晚
把文字埋起来　把语言埋起来
等待某一天再次被野火唤醒

2016.9.24

草　远去的背影

你刚一转身　秋就来
只有远处的尘土分解你的背影
像瞬间被幸福压低身子
你柔软的手指扶不起
你犁过的一小块春天
揽着你的树丛　路的一边
你看到自己的背影在盛开
手上只有一小捧土
就像捧着你的爱

草　你和你的背影是一个整体
谁能分开
就如不能分开远方
你轻轻拨开黄昏
想再一次燃烧
你收回的脚印
仍在远方　没有回头

尽管没人听见

但你把语言撒得很远

2016.9.20

一种流逝

那婚纱就是漫天雪花
覆盖你的幸福
当你转身　看见昨天的影子
那从你体内分娩的稻谷
还蹲在那扇旧门旁

这已区分宽大的棕榈分割的天空
但　那不是昨日的天空
棕榈只替代了你
像你的精神集中的一瞬
正融合了大地与河水流逝的旧门
就像想象中被火车推开
却不见推开的清晰的现场
凌乱的　像房子后面哼着的小曲
但你抓不住那声音流逝的影
就像夕阳在海边闲逛
鸟儿与虫鸣占有底色的意境
像分开的夜幕滑过草尖

第二辑　致命的黑森林

又有什么溜过墙角　　照见水杯里的影

哦　那是昨日的河流记在一张纸上
流逝的树　　正消隐神秘的笑声
很多时候　　你时常醒来　　身无定所
你被一场接一场的相聚隔开　　越走越远
像流逝的风　　什么都不在手里
无论你怎样想　　你都只能走在时间内部
你不能张开嘴巴
怕喊出的是陌生的生锈的文字
就在你的另一侧　　另一个你蹲在鸟笼边
接受鸟儿重复的审问
也许你是一只另类的鸟
在经过环形的跑道
从无到无　　无非就是一瞬
这　　没有正确与错误

2016.9.11

一枚橘子

要穿过一枚橘子
就像海水穿过夕阳
橘子 你也从我的身体里走过
伸出的手搅乱了睡眠
就像你的黄昏收起的鸟鸣

一枚橘子
似乎在我手上　却摸不到你的心
就像夕阳陷入海水
那些灌木一点一点地暗淡
就像那些水　你不能分开
不能分开橘子一样的完整
就像一枚橘子远去的声音
泛着黄色的声音
静静的燃烧　失去的温度
这一直在眼里　或在更深处隐藏
却不能抚摸你的
那些泥土　你身边的

第二辑　致命的黑森林

那些你推开又放不下的
温暖的黄色

然而　你失去的声音　依然
在你的身边　你却不能说出来
让你不敢靠近
"你若不能剥开将永远孤独"
谁知道　也许孤独就是你选择的幸福

2016.8.30

某一天

如果那一天落在我的肩头
我会温暖地弯下腰来
做一些简单的事情 为你
会　给你　很多
连同晚风 一起
你会蹚过这片水洼
有流过脚踝的暖
就像一只手的抚摸
环绕的手　扣紧了这个早晨
而那些正在消逝的
在你的额头　有荒凉的藤
你会走得更深
一口井的边沿　可以照见
那个结尾
在那一天被准确地藏进夜里

2016.8.23

走过黄昏

黄昏落在一列火车上
像刚脱离母体的　没有约定的落下
赶往远方的火
一个枝头上的橘子或眼神
不高不低　压低一个人的情绪
走过黄昏的
远方的火必将熄灭　无声的
是为又一次真实的内心
就像一枚橘子在手上
梦与温暖从叶子上滴落
滴落时　你穿过黑暗
保持你姿态的黄昏
在水上漂走的　不是你
在石头上凝眸的　不是你
在草上被打落了的一个下午　不是你
就像你保持的沉默　很远的样子
像走过的人走过的山谷和树林
而　谁在睡眠的一侧

不知不觉落到低处　　一次一次不许猜测
走过黄昏时　　鸟鸣似乎在敲击什么
鸟鸣与第一个星星似乎不谋而合地与你相遇
似乎黄昏带着无言的语境
像你刚刚垂下来的头发　　黑得要命
但这不是黑夜的最后
是你留在此景时　　一首诗正走过
你还能保持什么　　不能阻止的
就像死亡和出生一样
你没有看见　　你只等待另一种复活

2016.8.18

黑衣人

你踩响舞步和竹节上的古老文化
在你翻转的姿态里
遥远的部落　妹妹的眉睫上
无数的人与炊烟一样走过　现在
妹妹　你黑色的衣裙是一种纯粹
更靠近原始生活与爱情
妹妹　爱你的人　给你一袭黑衣的人
就像刚从黑夜走出来
那个头饰　有很多鳞片的头饰
就像很多的手　在怀念谁
而你的手微微高举
就像图腾　妹妹
你与很多黑衣人一起跳舞
竹竿一起一落　有躺着的木偶
神秘的诱惑　引领你走向未知
妹妹　你已更靠近一种传说
不停地跳　很美

妹妹　你能否抵达你想去的地方
你在躲避一种现实的脆弱
也有深意的　妹妹
你甚至忘记这身黑衣　那不是你的
你是另一个替身　有神秘的快乐
只是你心中一层一层包裹
直到在舞蹈中
你遇见不该遇见的另一种生活

2016. 8. 10

水边的女子

一片海水
一片　湿过你目光的海水
深入体内的喊声
从四面打开的　拿走你的天空

水边的女子
沙砾上最美泡沫
一点点裂开又重生
过程都是你
但你抵不住一次消逝
你是你的远方
水边的女子　退回到内心
却渴望一只鸥鸟
蓝天下的鸥鸟　你的小爱情
正想象一个撒网的渔人
你的网安静地睡在黄昏

或许你只是一只贝壳

等待浪花的词语
巨大的海水只是一杯
你感到的渴是一个动作
而你身后还有什么在慢慢靠近

2016. 8. 15

海边的房子

——记梦

天空停在你的额头
像化不完你梦中的蓝
海水不住地减去时间遗忘的姿态
海边的房子
海水的泡沫与你内心的相遇
破裂　只是你曾经的眼泪
就像夜晚你头顶上的星星
那是无法停止的花开
像无形的手捆不住的眼睛
掉在海水里的　心在海水里的
你的旧表情　一个往日的恋人
有不可碰触的软

而我　一直在你的 right
一直在　这是无意识的 maybe
谁的手保持温热的停留
我看见你的冷静像礁石上的影子

颜色　一次又一次贴近真实
就像天空掉下一小块　在你的屋檐
又被风无数次漂白的日子里
有什么落进水里
我永远摸不到　我只在你的一角
与海水与泡沫　那些独有的情感的
落入渔人的故事

而我想证实这种真实的存在
假装镇定　像海边的房子
眼中的孤独跌入无声的远
在海水再次退去之前
手是空的　我就让它空着
就像看到别人也是空的
你是我的房子　在海边
从来不需要证明你属于谁
那是没有理由的陷入
说不出的温暖是黄昏的海水
一点一点地影响你
而你唯一不能取出自己
就像不能控制自己的梦与醒

这是一座熟悉又陌生的房子
与我有关
白色的屋顶和墙壁

阳光收去色彩的和被流放的窗
走进和走出一样的　和我一样的
忘记性别　仅此而已

2016.8.8

月光下的花瓣

弯曲的身子
是月光刚走进夜晚的一半
花瓣　飘或者落都是一个人的体验
这夜色有花瓣的颜色了
月的光就那样裹着你
渗出的一点亮色
像月光下的石子　研不开的光
这光　正弯过枝头的空
就像花瓣飘着的香
只被月光记住　让你无法脱身
此时　一条河流正弯过你
随时进入你的内部
穿透你的身体　打开你的疼
也打开一小片阴影
像极了你姿势的滑行
带一点温暖的风　在草尖上
就像贴近了心灵
现在　你望着的月就如一滴宿露

就在你心里
像你抓住的静态的滑行
就像那些温暖的树叶
一层一层叠着你的一点伤
一层压过一层　你数不清的
月光下花瓣　就像某个人
此时正被月光推开
走过河水弯过的地方
就像那是她的爱人

2016.8.4

钟声

突然之间
我的诗就像你的声音
沉重的　我抬不起
我不能对抗　失去方向感
就像扩散的清晨
还有什么正在滴落　下沉
钟声里装着什么　我拿不出
只感到震颤的时间
有什么走到心里
又像风回到空中
手还是空的

你走过的　黄昏压着黄昏
推开我又吸引我
你在那里
就像挂着的心
迟迟不敢伸出手去
不能接住什么　但你分明落在心里

第二辑　致命的黑森林

我感觉到一种牵引
然而我放不下
走很远还飘着

2016.8.3

指尖上的姿势

这是一个女人的指尖
有红酒泡过的红
在那些黑凉下来以后
它们互相交谈
很多指尖　影子重叠
沿着你走回到更深的内部
有关一些事件　写在纸上
但书中没有你的名字
真相　只是一些影子
也许可以找到安慰自己的理由
那些逝去的指尖一直向上伸
就像要打开天空的满
而 我看到指尖以外的冷
很多的手　苍白地举着一些伤痕
这些泛黄的指尖 在眉毛的部位
它们经常是弯曲的
像托着婴儿的姿势
不会放开一个黄昏

那是一些母亲的指尖
两个字的城堡
坐在指尖上的一些话语
在你不经意间　走过你的生命
是你一直保持的姿势

2016.7.31

我走过朱瑾花的早晨

我走过朱瑾花的早晨
就像一瓣一瓣的阳光
落在露珠的一侧
有我的脚步蹚过的轻
就在这沉默的钟里
静静地绽放　有干净的风
侧身走过　这朱瑾花的早晨
这南方的火　白的火
红的火　和陌生的对白
就像一片没有融化的雪花

我只想　是你的一部分
从内心到骨子一直开到亮
开到眼里　是生命的丰盈
就这样守着　从今以后
我就在你的一侧　你会熟悉我
就像我生下来就是你的

2016.7.29

奔跑的玫瑰

玫瑰　在石头的内部
展示沙砾上的力度和光芒
你的姿态有隐秘的行动
让我感到一座山和海的巨大成功
玫瑰的奔跑　寂寞或燃烧
那种宁静和静默
将改变来自周围的声音
但无意间落到了痛处
这些都在内部完成
你只保持了一次姿势
正吻合了我的生活
就像我怀疑一朵花的真实
有一种奔跑超越了死亡
死亡的　黑暗　寒冷和假设

玫瑰　在针芒上一闪而过的影子
黑色的　红色的　白色的
正打翻某些常态

让我感到了美与真相
在事件过程中　你有最好的个性
像是某个远方的钟声
你在铁的内部行走
奔跑的玫瑰　你从不交出声音
在暗处　走过神秘的睡眠

2016.7.23

一把口琴

对于只会跳皮筋的小丫
一把口琴的惊喜
足以让那面土炕受尽折磨
小丫的脚丫从没有这么有力
它踹开了爸爸紧锁的眉头
像三月的雷声 砸开平整的黑土地
瘦瘦的小丫　她想不明白
为什么爸爸总是不在家

一把土豆花就能让大眼睛亮一整天的小丫
一把口琴足够照亮她的童年
她不知道　爸爸顶着零下三十度的风雪
从城里带回来的这把口琴
那些小格子里藏着什么
她更不知道
那首爸爸最爱的曲子
日后会让她在爸爸的墓碑前
吹落一个又一个黄昏

2016.7.21

玻璃的碎片

最初的玻璃已经四散
破碎　是隔开虚影
这样很好
这样能打开先前

玻璃的碎片
分割完整的美或丑
而你也是碎片
很多个自己
就像黄昏的路灯
不论如何照彻
你无法看到全部
因为它正分割事实
就像雨滴进入的生活
你看到瞬间失去的
有玻璃的碎片
但更像雪

第二辑　致命的黑森林

不过它不飘

它覆盖在你走过的路上

2016. 7. 19

两滴水

两滴水很难分开
分开只是失去
失去的或许是最珍贵的
还有更多的水滴　细小的
就像某一时刻你碎了的心
分开或失去　有不同的心境
含化一样的白天和黑夜
被自己照亮
如果是两滴水
你的手指也是一滴
我就在你的指尖　安坐
有湿过的痕迹
就像我的眼里滑落的
是按不下的泪
一滴水追赶另一滴水
就像一次爱情　同样的内心
无法看见彼此的动作
其实就是一滴

第二辑　致命的黑森林

就像今天的落日
你不能分开
如果真的靠近
我就会填满你的一部分
躲不掉的　像两滴水躲过一把刀子

2016.7.12

一只水鸟

你的声音落进水里
声音在漂或下沉
像是多年前的爱情
现在是鱼群

鸟哦　你划过水面
像我内心的一片小阴影
小阴影会随时贴近水　水也疼
而宽大的水与你有关

鸟哦
你占据水边的皂荚树
和正盛开的紫荆花
你站在草刚举过身体的地方
风吹起羽毛
似乎与我同样忧伤

2016.7.6

在路上

是的　如果你能够选择
或许有另外不同形式的存在
你可能是一棵树　或一声叹息
也可能是一只鸟或一片水域
就像那些没有准备的　突然穿透你
而你的姿势在路上
就像一场不由你控制的　天空和风雨
很多风景擦过你　并停了一下
但　你不能选择
就像你不能主宰一条路
你只能经过　或许会遗落什么
或许像一阵风吹过
一些想要抓住的光也不由你
你走得越近　越容易失去
也不过是过客
而你还要走
但你的确在路上　接受或拒绝

选择或放弃

只要你愿意

2016.7.5

一滴夜露

让黑夜停下　埋住自己
只有诗引领我来到夜的深处
然而我看见它的伤口
不能开口
那些黑的都是痛
月亮不在　我看见的黑
眼睛也被拿走

我是一滴夜露
只有风不经意地抚摸
而夜露穿过谁的眼
打湿一扇别人的窗
我是很轻的一滴
安静夜里的　谁也未见

那些走过的眼神也是无声的
在黑暗中被引领
我并不存在　夜占据了内心

我是一滴夜露　会消逝在风中
没有人看见
而我的门始终敞开
有什么进来,进来吧
我早已从这里走出
一滴夜露有没有感知
想拿去的都拿去吧
我只拿走黑的光

2016.7.2

抽象的蓝色辩证

先抽出底色,假定一切都已经消失
只让天与地、树与雪、人与影分摊不同的蓝
而你是一次意外,从自身开始点燃
红的火蓝的火,此刻不需要遮挡
一切都恰到好处

寻找是另一种方式的选择
大与小的区别是为了让你进入
忍冬花只是个名字,从来不是这里的宠物
而此刻我不能为现场命名
那些堆在一起的颜色都已经抽离
你甚至分不开,像分不开的生活
存在着的人没有影子没有身体
而显现的只是见证
你始终逃不出自己

这世界拥挤得如此干净,以至于可以忽略得更远

事物的界限本不明显,就像你经常从别处看到自己

而脚印早已深度认知

2018.9.4

爱不是影子

其实　你就在那儿
像一只蝴蝶
你的存在不停地移除内心
有美好的阴影
就像月光下的叶子
无数的　会记起一场爱情
但爱已不是影子
就像一路行走的光亮
偶尔会陷入阴暗
你几乎相信了那些真实
但有一种不安会揭开你的睡眠
捂不热的
白天无法抵达的夜晚
像一首诗
始终带不走你的脸与缄默
在你的脸上　感到的暖
有幸福的样子
而　夜晚全部是你的

你还是不知道
那些爱是不是你的
你会小心地打开自己
像半掩着的门

2016.6.28

一种存在

南兮　你是一只鸟
你推开一扇门
再推开一扇门
敲门的人已远去
像一道还未掩住的缝隙
过路的人只陷进半个身子
像一种存在还未结束
另一半身子在路上
而你　是一只鸟的样子
不过　你看见的还更多
像一处水的波纹
永远打不开岸
像一朵花　可以兑换一个清晨
像一块石头　可以给你的力量
这是美的
但你丢失的太多
无法改变什么
就像夜晚就是一个人的

睡眠开始隐藏身份
你睁开眼　会看到很多
很多的形状　你摸一下
只是感到了一点逝去的时间

2016.6.26

单身女人和锁

一

那把钥匙出走的方向 是有水流的
远远地看着那个女人 失去家乡
那把锁 看着她一次次锁住那扇门
有时候在外面 有时候在里面
钥匙经常在心里 与锁擦肩而过
有时候它只是告诫 无力遥望的远方
我是一个过客 经常在冬天行走
而那把锁常无情地锁住自己

二

我无法调动一些时刻
只好沿着它的墙角蜗行
我守候一个个夜晚
防止莫名的侵入 一些闯入者
没有缘由 一种宁静被打破 丢失家园
那破碎从心里发出 无声无息
是一种拒绝 也是一种暂时的解脱

我的内心需要一阵搅动

才能燃起我的热情

让那扇门为你而敞开

三

经常裸露在外面

雨来了　风也会来

我的心很静

等待那个孤独的身影

是我暂时的告别

最怕把自己锁在心里　而钥匙丢失

也许女人一开始就没有家园

2016.1.16

我　夜晚

厚实的
谁的声音遗落在水底
我捞不起　或许那不是我
只是另一个参与者
我与夜晚　是一个整体
有时　月光走进来
一些想象我无法抗拒

深夜　一座亮灯的房子
像一条划开黑夜的船
也打开夜行的人
离开才能证明的存在
走失的真相又回到灯下
现在 无法打捞的夜
就在我的屋顶
窗外　还有风的脚步
抑或是夜的走动 却不清晰
这藏不住真相

谁把鞋子丢去门外
这样的夜
甚至稍远一点的光亮
也不能足够吸引
我的靠近 没有距离感
就这样与夜牵扯
手里依然是空
现在 我坐向白天
这是深夜的一次延伸
厚实的
谁的声音遗落在水底

2016.6.21

第二辑　致命的黑森林

在水边

那些水总是轻易拿走我的伤
那些细碎的波纹 像妈妈的唠叨
没有高度 却极温暖地存在
有一些无法探究的深和远
那些细碎的波纹
我不知道他的来处
水边的石柱和锁链
能挽救什么
以为可以囚禁那些水
包括水中的石头
就像被放养的疼痛
找不到重点 只是在走向远方
回不回头都不会改变什么
而我在风景已成为风景
想变成水 有蓝色的存在
渴望的宁静 以此当作语言

2016.6.23

哥哥

哥哥　你拉我的手
我的手也是蒲公英
还蘸着西北风
手的后面　有爸妈的脸
哥哥　你多唠叨一些
塞给远在南宁的小妹
哥哥　我是南宁的小妹
期待的消息　像雪片
只是消逝得没有答案
似乎春天还在路上
哥哥　一个人的风景
一盘小白菜　很简单
有时　喊你就少一次孤单
哥哥　我是南宁的小妹
与一棵树站在一起
一边是一座山
现在要落在你的眼里

第二辑　致命的黑森林

我知道沉重
我每看一次疼一次

2016.2.11

萤火虫

我见过萤火虫
说到萤火虫心就亮了
窗前的小草也亮了
后来亮了一片树林
这似乎与我有关

不知道它什么时候来
但房子四周是亮的
一个人的夜
光亮都是别人的
萤火虫 不在我门前

2016.6.18

草帽

妈妈　你安放在草帽里的夏天
在蓝蜻蜓的翅膀上
妈妈　草帽也是一只蓝蜻蜓
它飞过光和彩虹的早晨与黄昏
在小雨走过的草尖上
还有蓝蜻蜓丢下的风
那蓝色的天空打开的风
多么温暖的草帽
我抓不住白色的声音

妈妈　你给我的草帽住着夏天
它收藏一些光　现在打开
我找不到　喊一声　再喊一声
好像都不在
当我离开　又像是满的
你什么都带不走
妈妈　你跟我的草帽去了哪里
你收回的衣柜　住着我的昨天

蜻蜓的身后
你的小女儿　她也是风
穿过那顶草帽的想象

2016.6.16

第二辑　致命的黑森林

深夜零点

一

打开所有的灯
黑夜还是黑
就像失眠是身体的一部分
落在哪儿　哪儿就有风

风没有夜晚
只是一层一层剥开
如同剥开某些暗示
如同一只鸟从体内飞出
飞出　只是为了离开

我知道夜是有尽头的　夜的墙
有的褶皱
就像某些猝不及防的手
在零点　在我的最低处

二

风吹痛了光

转过身去
是零点的姿态
黑夜的一半在脸部
另一半在你的唇沿
就像一朵夜来香打开的你
也许喜欢此种默然
像一种按不住的心思
一切与你有关
只是躲不掉
就像深夜释放的窗外
你也释放了幸福

2016.6.13

走失

1.

"我看见",自己在一个房子里
十年,或更久。阴暗的密室
有时,也小心走动在屋顶
是晚间的叶子,或某片积雪
在无人的街上,所有的角落
那些暗始终藏着什么
如时光里某个神秘来去的甬道
片刻,或是更久,我看到
许多走失的"魂灵"
从四处突破了出来
开始把自己摆成,那些劫里
你早已忘却的"咒语"

2.

双手空着,拿不住什么
像控诉和默认的无力
晚上的房间和窗台也空着

一个，两个，三个……
好多那些故意忘记关上的门
我,不要对那个"自己"说些什么
虽然我很想接近它,也很想远离它
在夜来临的时候,那样角落
还在唱起歌声(这个世界听不见)
"死去的,活着的,都在慢慢拉开距离"
而我,却不知
该走向哪里

3.

那个"我",常以蜷缩的方式睡眠
似乎不愿意醒过来
像它们一直无法伸展的内心
其实是一些颜色,组成了另一个我
本源的黑或白
我睡或是不睡,都无法阻止
一只瘪下去的球,那些饱满
身体,紧挨着一条铁轨
它从耳边跑过的时候,像要带走我
又像在监视我
我恐惧它的一声轰鸣

2016.2.28

屋檐

那是三间土房　屋顶上是草
屋檐也是草
其实遮不住什么
但 保护了那扇窗
窗外　狗狗青儿挑逗小花猫
和妈妈的小菜园
牵牛花爬去了栅栏外窥探
爸妈的手是屋檐
虽然也遮不住什么
远行的人总想回头看看
看爸妈的手扶正的屋檐

现在　我有美丽的屋檐
没有一棵草
那是别人的屋檐
现在　爸妈的屋檐是一块墓碑
我准备好了去交差

2016.5.27

随便走走

掩上门
像放下的脚印　在不远处
午后渐渐下落的光在肩膀　也是轻的
别人的城　有太多的秘密
我　只是随便走走
不踩踏一棵小草
不去碰一下棕榈
也不探究一片云
可以先知道一些路
捡几句路上飘着的陌生语言
再随意丢开
夜也是别人的　不肯入睡的一些光
溜出窗口　有人在说着什么　我听不懂
这些都与我无关
我只是随便走走
像风吹着的一片叶子
在路灯下一晃而过

2016.5.19

蝴 蝶

释然　是一次解放
蝴蝶　你油然而生的自由
放牧春天
捕捉光和温暖
你像风中绽开的花朵
缄默地燃烧
但　你有最美的暗示
白色的黄色的红色的蓝色的
你正分割春天的一小部分
那是谁的忽略
小小的风暴　质感的风暴
在水草和蓝色湖水的上方
翩然入梦了
蝴蝶　你并不孤独
还有我会拾起你的寂寞
风一样轻轻的

2016．5．21

草地

星星掀开的清晨
在草地上
而树上的高度已被风带走
带不走的是发酵的泥土
那是有关的母性
似乎就是你的全部
你的全部　有最轻的静
也染过了想象
其实　怎么都走不出一片天空
像干净的手掌一次次抚摸
而你只醉了一次　就蔑视死亡
就像你怀揣的春天蝴蝶
草地　现在我走在你的中央
你的中央有不败的露水
早晨和夜晚

2016.5.13

风吹过的街口
——杨美古镇

这是最平常的风
似乎要穿过某个身体
只是风证实了最新的广告牌
还有街口里的生活
风擦肩而过
不过　还有一些暗流与你对峙
这是秘密
不过　风继续打磨青石路上
你晒过的天真
这些被屋檐勾勒出的背景
已在风中收藏

而风吹过的街口
无论是窗内还是门外
似乎彼此映照
树梢回应了一种任性
在这里　你只走过很多现场

要打开一扇虚掩的门

你会看见一个小女孩
天真的小女孩
正打量匆匆赶路的人
赶路的人　脸部的暗示在风中遗落

2016.5.5

清 明

一

这一天
想把两个名字抱在胸口
抚摸它们
就像抚摸两个佝偻的手指
我手上的温暖没有冷

二

这一天　只坐着
有泥土的高度
放下西北风
但小草露珠也有疼痛
横着竖着一样的距离
可以丈量　可以跪拜

三

阳光抱着的树　在路上
雪花在路上

一只鸟儿回家
鸟儿有两个人的名字
温暖的名字
那是两个叫过我女儿的人

2016.3.29

坐在学校里的童年

童年坐在一些简陋的眼神上
粉笔头飞上雪落的树梢
红手指一边抓住榆钱
一边抓住明天 而"此刻"不幸掉落一地
用什么拾起这些隐形的时间
围起来的童年被抛在概念之外
只有那些榆树报告了边缘与界限

或方或圆的容器以笼子的权威收购
童年离开 思想老化
只有"我"存在于虚构之中
没有看见 黑板最初的想象
行走在老师紧闭的嘴巴
天生的舞蹈家
一会在云端一会在海底
一会是一只鸟一会是一条鱼
只是没有翅膀也不会游泳
只允许在黑土地做圆周运动

那样的年代

不关注一张网和网里的云朵

书桌里 一只手即可打开神秘天空

钻进一部禁书出不来

铅笔困惑找不到出口

而铃声已经坐上飞碟赶来

把童年打包成一个邮件和大片天空

但找不到通信地址

现在我们不得不爱那样没有想象力的童年

而笼子至今完好无损

2018.3.8

第二辑　致命的黑森林

提灯的人

提灯的人提着自己
像灯一样　在内部行走
你的温暖
足以保证照亮的光
还有更多的黑暗
这不能确定你最终看到自己
有时候　你怀疑一条路
在灯里　在提灯人的手上
或者穿过树林时
那被照亮的等待变得柔和
而更远处　谁在走动
你守住了自己

2016.3.5

第三辑 组诗系列

印加组诗

我看见石砌的古老建筑物镶嵌在青翠的安第斯高峰之间。
激流自风雨侵蚀了几百年的城堡奔腾下泄……

——聂鲁达

山顶的神语(之一)

一

帕查卡马克　你唯一的神
你一挥手的距离　跨越
西班牙人没有抬起的左脚
你被的的喀喀湖包围的幸福
一直没有声张

印加王　你巨大的蜘蛛
在安第斯山半空醒着
而你父亲的光　在城的上空
接近神的正午

你吐出克丘亚音符　这是你的唯一的语言
"马克丘·毕克丘,是你把石头垒上石头"
以及走过石头侧面的光
又落在谁的膝上　烤热了一间牢房
它来自更深的远古
有裸露的羽毛
那是马丘比丘的风以及唇上的咒语
你看见安第斯山最高的孤独与疼痛
而你终究没能守得住的城
就像那些石头的屋顶
落在印加城古老的经书里
帕查卡马克　你唯一的神
你的爱与死只有的的喀喀湖的水能懂

二

太阳落在你的肩头
挡不住的光遗忘在石头上
而融化的屋檐　就在你身后
有羊驼收藏你的白天和夜晚
这四方之地
正一点一点举起你的遗忘
而那被夜晚拆散的疼
已滑下山脚　远远望着你的灰烬

三

游走在山顶的神

语言跌落在路上　撑起你手中的权杖
遗失的脚印　一瞬的光亮
印加城　谁揭开你又合上
来自外部的坟墓以及内部的脚印
那一夜印加城不再降临鼓乐
在安第斯山顶　生与死捆绑在一处
只差一步　便是永恒

石头上的印加城（之二）

Machu Picchu(马丘比丘)
那些穿过你手指的石头
曾经遮挡一些流言与阴谋
而你拴日石上的提醒
还有谁在翻找的真相
像落座在神坛上的谎言　一日重于一日

石头上的印加城　阿塔瓦尔帕最后的呐喊
没有说出心里的那几个字
你举起萨克萨瓦曼神庙　装不下许多神灵
只留一个空白　敲响石阶上遗落的手鼓
你还能割下什么　羽毛与黄金
还有石头开启的痛　正划过旧日的天空
你顺势打开一座城
也打开光与黑暗以及裂缝
一起走过的门　还有余温

只缺少一双眼睛

库斯科的王
你端坐山上　远远望着石头
看"历史为我们制作了一座坟"

那些穿过石头的旧时光
还在敲打千年的回声
这陷落的"美洲的罗马"
Machu Picchu(马丘比丘)
面对你敞开的私语
真相还在干净地等
这最后的石头端坐的天空之城
"你醒着,在黑暗中查看,看一切是否正常。"
那些深红色的文字在你的血液里
像影子走过太阳城的冷

城(之三)

谁还在翻找城墙根下遗落的尘土
印加城你骨头上的睡眠
围起来的坚持
只不过是一瞬　还能保持多久
你在或不在都是一种真实
石头的城墙上温暖的手语
门槛上的姿态与脚踝那些爱

牵扯的柔软和坚硬的固执　也还是一瞬

印加城你是石头上的国度
围起的太阳神庙
走进三窗之屋的远古　有宝藏的秘密
而你祭祀的贵族何在
真担心你一开口　安第斯山就会裂开
就像亮起的矛
各种颜色争相交换的面孔
你如何消逝得无比幸福

帕查库蒂的手还停在你的上空
西班牙的风暴即将来临
在你身体的外部
有你保留的温度和石头上的稻谷
微笑与诅咒同坐餐桌前
等待一场真正的裁判
月光下安然的印加城
你跨越生死的姿势
就像跨越历史的缄默
哥伦布的眼睛一直柔和地注视
安第斯山　你安静得像一枚糖果

世纪之门(之四)

一

穿过你石头上的印加人
打开身体的线条
另一扇门可在世纪之外
像触摸泥制的符号和曾经的祭文
燃烧过的风化了一角
这变化的静止像抓不住的象征
是否在灰烬中让一只手颤抖
被敲打的火花是否还有太阳的火星
石头的门你回头　只是为了看见
背后的那些符号
——勒姆　宾厄姆的符号
穿越的世纪之门那些神
在乌鲁班巴河岸行走　有神秘的唱诵
你翻开树林隐秘的远古　横在安第斯山顶
通往远古打开无数眼睛

藜麦醒了　还有骆马与羊驼
像久远的低语在另一个世界穿行
没有长矛上的血痕　只有少女手中的陶罐
盛满亲人的魂灵
围着农人石头上的黄昏

和在十二角石上八千年的宿命

印第安人的背像古铜色的咒语

谁还在继续膜拜

二

印加人你失落的屋顶

看着你关闭了自己　无法捡拾的天空

托起一声声叹息久久不能落地

马丘峰与华伊峰像母亲袒露的乳房

马丘比丘就是母亲的胸膛

乌鲁班巴河是母亲的血

还有最后的王阿达华巴的血

把一屋子黄金染红

在弗朗西斯科的灵魂之上埋葬

像木乃伊套服上的奇迹

四百年后死去的门　依然站立敞开与关闭

一直在接纳六月二十四日的太阳

你头上的羽毛正在召唤复活的鸟鸣

三

走过去是门　走回来也是门

你将不再是你　你迎接谁收走什么

光滑的石头上只有风的抚摸

没有文字的史书只留一些爱的影

奥扬泰之爱　你没能冲过那扇门
王的女儿与男孩之间隔着眼泪
只有爱可以见证的死亡
直至最后一丝光亮消失
奥扬泰你在哪里
你父亲的冷　关闭帕查库蒂的城
破碎的陶罐倒下　再没有站起
哈图姆鲁约克没有幸运降临
没有洗濯你的高贵　只接纳你的荒芜
"而你把自己洗成了碎片"
那撒在石头上的　你抱过的陶罐
没有穿过你的爱　一直空在那里

四

印加城还有你体内的黄金
终没成为王与奴的血
你分离的骨头与水　夜夜穿过你的空屋顶
像趔趄的钟声敲打后来者的眼睛
死去的见证　无法还原的生命也是黄金
但都不是你的
你只看见转瞬即逝的风

五

印加城的太阳哦　门外有什么要进来
太阳神的翅膀下

乌鲁班巴河依然数着上游的脚印
那些被长矛划开的脚印
挂满瘟疫和咒语
还能挡住什么 一些丑陋的
"一切都消失了"——
你站立的佐证还在体内透明
而阴暗的记忆都将在你身后
在你转身之际捡起你的疼痛
世纪之门　你是后世的钟声

2016.10.25

给小马(组诗)

如果没有黑夜,我们将真正失去自由
　　　　　　　　——题记

之一

走过茉莉花的黄昏

2018年1月23日
下午5点23分
黄昏落在一条小路上
有迷人的光影　我看见
你走来　茉莉花就开了
轻轻的　开在我眼里
洁白的香味　站在我的手心

你看着我
白色的小马
就像看着你自己
仿佛一切都消失了

只剩下这个黄昏

茉莉花的黄昏

语言在花朵之外

之二

你的眼睛

你绿色的海滑动一块积雨云

这些色彩占据我的白天和夜晚

我听见棕榈的呼吸

就像竖琴的风暴

西伯利亚寒流被取代

麦浪与云彩的天空助燃

我想知道　背后的湖泊

波涛等待落日还是落日等待波涛

之三

这个秋天,我在你的目光里沐浴

这是反常的秋天,柔软的光停在我身上

亲爱的小马

在一个飓风消息之后(我要感谢他吗),亲爱

你又出现,再次叩响我的房门

在我的睡眠里轻言细语

我在你清香的目光中沐浴,亲爱
你为我准备的溪流
是水的语言,填补我宁静的空白
亲爱,我的小马
柔软的蹄音散落在窗前
风轻轻吹来,像我渴望的交谈

我只是一个宁静的中午
在你奔跑最强烈的时候降临
我想为你做点什么
在这个不寻常的秋天
我重新打开窗子

2018.10.14

美容院的女人（组诗）

之一

一种伤口

像鸢尾花的睡眠

花瓣安静

一个人站成一种风景

不过　时间之水流过身体

是你抬不起的重

你依稀梦见的陈年雪花

在某处沉默

但你分不清哪个最痛

现在　它们起身

像被弹奏的　黑夜

这一把竖琴

你留不住的

像拾不起的告别

这样的时候

你对着宽大的镜子

在光的下面

像对待一场意外

之二

超声刀

超声刀不是刀

你却想用它切掉一些岁月

就像搬来搬去的瓶子

似乎可以搬走一些恐惧和黑暗

那些极细的碎片

是一种波　正走入内心

你用疼痛证明一些真实的存在

那些被剪掉的　通过一双手得到

像一种寂静的穿越　停留在你的内部

你感知那种侵入

就像你保持的期待

在镜子的最深处

你追不上那种生长

然而你找到了自己幸福的理由

就像你丢失的自己

正频频回头

注：超声刀是一种利用超声波的原理制作的一种护肤仪器。

之三

床上的女人

我看着自己躺在美容床上
跟自己说话
在自己头顶上轻声细语
一双手落在睡眠之外
灵活地整理了我的担忧
分不清是我的还是别人的
喷雾机开着　像解释着什么
水 有人说着 我也说着

但真相是我躲开了自己
一层面膜包裹的脸
藏起旧表情 有时候黑
有时候白
真的想你不在乎
多一张膜还是少一张膜

后来床上的女人走了
我不知道我是谁

2017.7.16

棕榈的变奏（组诗）

棕榈树下的西北风

静静的　你压住的声音
一个陌生的表情
躲过西北风的对抗
棕榈　有水的高度
谁穿过你的沉默
拥抱的情人酣睡在内部
不需要更多的梦
只展示了你的早晨

西北风为你停下　但你不懂
你只喜欢风背后的雨
静静地解下高大的身体
多少手拿走你的一部分
但没有谁能分开你的爱

现在　西北风
蹚过你每一寸的坚持

和又一次裸露的呼吸

为了谁　棕榈

你泛黄的绿　如此陷入一种冥思

棕榈树下

从内心开始　冬天

我不想再给你机会

然而你深陷我的肌肤内

无法取出　那是一种破碎

也许本来就是破碎

那是你的童年　站在院子里

不躲避一声惊呼　脖子里的雪

被谁点燃　那满满的

你只是迎着　那空下来的

和为你而来的碎片

也许如此才能到达你的身体

就像今天的你　也是一片雪

在棕榈树下

我只占据了雨的姿势

哦 耀眼的北方

棕榈树下的追问

你的岸　别人的风景

你只搬运声音和顺势推过的
以及没有完成的白天

雪继续燃烧很旧的光
似乎太多的手　抓住死去的声音
在雪之上还有黑色的战栗　棕榈树
遮挡谁的暗示　唯一的
落在你的阴影下
而你收留的夜悄悄弯过水塘
只为证明一个倒影　那不仅仅是你的

2017.3.4

荒芜的花裙子(组诗)

之一

走在雪地上的花裙子

下雪了　妈妈　雪落在呼兰河
第五个冬天　没有小白菜
穿过家门前的栅栏
低头走过的人　留下几处
麻雀一样的空白
妈妈　你帮我收拾好脚印
一些离你很近　一些离你很远
有如花裙子的见证

妈妈　雪不再是雪
是出逃的水
在体内　不动声色
花裙子　只是被真相忽略
无人知晓　最干净的时间
在低处陷落　像花裙子打开的冷

下雪了　妈妈　雪落在呼兰河

你的小女儿在他乡

妈妈　你在天堂

之二

风吹散的花裙子

下雨了　哥哥　没有路灯

照亮这个夜晚

我们以幸福的方式分手

哥哥　只想你看到　没有说出的部分

花裙子掀开夏天　一棵树已倾斜

那些节日　还守着呼兰河吗？

哥哥　失散的乡音

只收藏忧伤

红高粱与晚熟的月亮

不介意你看见

棕榈树下　陌生的伤痕

色彩清淡　花裙子行走在边缘

只有一次　你高过了屋檐

花裙子裹紧的身子

正经过一座桥

睡眠像下沉的锁链

你无法修改自己的失陷
哥哥　你不知道铁轨的忍耐
西北风搬来的冬天
与呼兰河畔的风　没什么两样
但花裙子知道　风的来历

下雨了　哥哥　没有路灯
照亮今夜　呼兰河与邕江
都有花裙子的幸福

之三

荒芜的花裙子

火车开了　姐姐
你穿过车窗的影子
像一粒灰尘　被一场意外带走
姐姐　雪花落在你眼里
化不开一棵棕榈的睡眠
花裙子走过　最后一段
有异族人的姿态
这陌生的伤痕　有一些暗影
就像凉风关闭傍晚

你不想让一座城市荒芜
只想通过你的旧表情　唤醒身体

姐姐　请整理好昨天的情绪
那些仅存的温暖
散开在屋角　让你想象
花裙子是一枚糖果
感谢那些甜蜜的伤害
让你还能伸出手来
抓住坚硬的黑暗
像母亲的小婴儿　孤独而无畏

花裙子是一江春水
能容纳一座城的黑暗
而光亮正在路上　不近也不远
姐姐 你的孤独
是否做好准备

　　　　　　　　　　　2017.5.24

第三辑　组诗系列

一个人的暗喻（组诗）

我坐在我的黑夜

那些光从高处落下来
在我的脚下穿过
有被隐喻过的黑
但这黑夜不仅是我的

屋子空着
只可肆意想象经过的事件
与谁有关　不必说
白天的阴影和夜晚的星星
是否还面带神秘

我想　桃花打开了黑夜
只是看不见那条旧路被棕榈包围
没有办法隔开
真相还在路上
填满一部分　空一部分

这曾经持有的　我想留住
但黑夜尚未知晓的幸福　在一侧
弯曲过的手指　落在一盏灯上
亮了的黑夜　因想象而包容的爱情
谁能测量无边的内心　终究要落下的
黑夜无论走多远都逃不出我的脸

春天之夜

还是一个开始
在你尚未了解之前
夜晚的细处是否准备舍弃先前
褪去　需要从内部开始
你还不能真正打开远方
像一片叶子期待的
你只属于你的春天夜晚
而你有不确定的隐秘光环
是怎样的突破　从谁的梦开始

现在　正有什么向你靠近
你必须先放下
才能接纳黑夜的暗示
是的　你表示了水和去年的草尖
什么倾斜了春天的词语
春天的词语　在无数露水的背后
不仅仅是紫荆花落下的告别

你是否会再次被提及

被唤醒的一草一木　春天之夜

你正通过最高的树梢耗尽雪线

在看不见的角落　我曾欠你一次花开

暗花

这是最后一次　你对自己说

想告别固执的夜

缠绕你的孤独也有了颜色

这是提醒还是暗示　真相还在

那是不可控制的扩散的内心

这是我的白色鸢尾花

你低处的爱和为你停留的水

正举起你的高度与纯美

你周围　像藏在夜里的忧伤

衬托你被分割的一部分

而你不知道那美的

正进入死亡　白色鸢尾花

你保留多少给自己

你的心就多几道皱褶

这样的时候

夜晚是落雨的姿态　就在你身后

分与和已经分不清

只有你撒出去的呼吸
在水里　很远很远的
你不能舍弃　这被证明过的
露水正消解你的夜晚
你只想如此说　不是你自己的
白不属于你　水也是
你周围的黑只替你牺牲了一次

我的白色鸢尾花
你伸出的手　停在空中
像要接住什么

2017. 2. 15

递进的亚热带（组诗）

——给漂泊者

隐秘的速度

解开绳索的那一刻
像一棵樟树松开红色泥土
你享受飘零的快感
意外的假日淹没你的惊喜
棕榈树下　宁静的风声
被落叶覆盖　如消失的箭镞
而遗落平原的弓是墓碑
记录的墙壁　被一扇门隐藏
那最黑暗的一幕　关闭的颓废之门
贴满标签的进化　已准备好最后的帆船
谁在流浪的叶子上随季节游走
像消失的雀斑
你看着自己远去　没有道别
却已满含泪水
你在沉默中说出别人的话语

但没有人看见

一切都与你无关

你是送葬者之一　你埋葬另一个自己

而你竟随众人一起笑着

那笑声　摸不到高度

它在一面镜子的深处

在别人的家乡　谨慎地露出牙齿

弱处的自白

这是不可救的火

像逃不脱的斋戒

语言的斋戒被摆上祭坛

这不是你的季节

虚张声势的竹林

像内心空虚的外乡人

脚步很轻 落下 抬起

不惊扰一只草蛉

每一根草都有一个姓氏　也许

那些口音陌生的草

叫不上名字的草　绕开高傲

那些在早晨盛开的小花

一直很友好

接近黄昏的暧昧

像要遮掩什么

平静接受现实　也是一种现实

和别人一起忽略自己
在一扇玻璃门后面
你有足够的勇气卑微
你看见疲惫的油桐树
一点一点为爱情打开　似雪落
你如此迷恋这个瞬间
第一次　你有从藏身处走出的冲动
不顾寒冷
就像躲不掉的黑夜

低度穿行

没有选择也是一种选择
你深度感知这低度的自燃
最接近你身体的真实
你开始细心观察某一细节
那些从身体内部发出的
像一只有红色头顶的鸟
藏起一片饥饿的水塘
在夫余国　水草的味蕾冰冻已久
你只是翻动一段历史
就像那是你身体的一部分
黑色的水域　收留你的童年
现在　谁在你的周围
陌生的水草遮盖别人的岸
你经常被陌生人认出

但你知道那不是你
第一次你坐上一只船　划出昨天
继续独行　在泥土之外

2017.8.2

象形文字上的埃及（组诗）

啊，太阳神阿顿，生命的创造者，
东方破晓，
您的美充满大地。
　　　　——摘自古埃及诗歌《献给阿顿神的圣歌》

金字塔

一

上天的天梯　最高的塔顶
"拉"的太阳的光芒
"天空把自己的光芒伸向你，
以便你可以去到天上，
犹如拉的眼睛一样"

风暴无法吞噬的金字塔
咒语还在　曾经的预言
和开始准备的诅咒

在一个暧昧的角落不可抵达
相信还有更长的生
一块一块被切开
隐秘的骨头上的私语
法老　你闭上眼睛的屋顶
正亮起天空荒芜的背影
波斯人以及亚历山大
已切开撒哈拉与尼罗河的爱与恨

二

寂寞的金字塔　寂寞的胡夫
你的死亡被十万人搬运三十年
而你搬运了奴隶的生死
蝼蚁的卑微　像撒哈拉的沙砾
而风吹走的正在被你切割
就像那些石头　有被掩埋的裂缝
裂缝也是一种死亡　你无法唤醒的
容不下一把刀子上的光

四十层楼高的谜底
站立着一朵莲花的咒语
在黑暗的底部
胡夫　你在最深处想往天堂
你引领的撒哈拉　沙子的诺言
不再是你头上的光环

正在纸莎草上散开

你手指上闪过的背影

而三角门交换的生死

一切皆有可能的生死

正弯过尼罗河的水　温暖的河水

在楔形文字上流淌

虔诚者的匍匐　高贵者的姿态

原始的呐喊与孤寂下的荒漠

可否印证金字塔的高度

太阳船划开的独单

在另一个世界　有谁的幸福等着你

天堂与地狱不过一线之隔

胡夫　你还想拿走什么

三

还有更低的哈佛拉

斯芬克斯守候的忏悔

你的脸在你父亲的背后

安坐四千年的狮子　守着你的

有尼罗河的个性

还有那些被推开的光

剥落你的　绝不仅仅是沙漠和游魂

哈佛拉　你身旁的斯芬克斯

背靠纸莎草上散落的传说

巨大头像　尼罗河的潮水没有带走
拿破仑的炮声只拿走你的一部分
神秘的宇宙波正穿透生与死的界限
金字塔　古老的埃及最难解释的象征
你给了谁无数失眠
在深夜　干渴中的民族被一次次唤醒

撒哈拉的背影

一

一转身就压过250万年的黑暗
撒哈拉　你暗藏的水流
一半正试图穿过死亡和你体内的干燥
低处等待的蛇与猎鹰
依然没有挽回消失的生命
一切沉默在你的边缘只是星星的启示
而你只呼吸风　呼吸战争与传说
撒哈拉你睡着的金色的床
无声挣扎过残存的睡眠
是阿特拉斯山脉断裂的预言
正穿越一些疼痛的胡杨
尼罗河流过的血
撑起的爱　死亡与复活同时降临

二

撒哈拉久远的风剥去你的衣裳
你半裸的身体承受风暴与剥蚀
哪里是你的根
抑或油橄榄和玛树的象征
在你身内接受未来的拷问

摩西与阿拉伯人的出走
牧杖与蛇哪个是你的选择
你离开诺言又亲近仇恨
像高地上金合欢的暗示
法老的坟场正穿过你的胸膛
撒哈拉你也是坟场的一部分
不 你是文字上解读不透的本身
流浪的族群打造的歌谣
试图证明什么

三

撒哈拉 你正从尼罗河身体上打开
也打开古老埃及的棺椁
那些裸露的神秘睡眠
划开你洪荒的天空与大地久远的固执
就像法老的眼神在古老的石头上
那些站立与匍匐的姿势

劳动与歌唱恨与爱的大地哦

楔形文字尚未看到真相

只看见自身的死亡

而你一次又一次提醒沙子上的背影

那些隐藏的托起重生的象征

马伴草　撒哈拉边沿游走的魂灵

黑暗中谁会告诉你生命的真实

走过古埃及苍凉的背影

尼罗河上的足印

一

尼罗河　俄塞俄比亚的高端

你是闪亮的光和月亮的眼泪

在印第安人的长矛上

有埃及人不能忽略的背影

巨大的金字塔与神赐予的

繁盛与蛮荒

哈比的神与法老在洪水之上的咒语

死亡和再生　沙漠与荒原的唯一的象征

赛克美特的血液从没有停止

太阳神在此经过

你是被记住的名字

椰枣和谷物有温暖梦境

你放逐的兽在膨胀的月光下

古老的埃及失眠于简单的词语

在你不住推开的河岸

灌木丛中的传说

你开始的潮湿和拥有的潮水

从大西洋岸边到红海之滨

你占据最前边的位子

金字塔是你最亮和最黑的胸膛

二

在你眼镜蛇的眼底

摩西手中的牧杖已高过城门

以色列人走过东非大裂谷

你是被流放的季风雨

无意占据的光打开神鹳鸟的翅膀

而奥利西斯温暖的手势

酣睡在撒哈拉深处

有无声的暖和拜倒的黄沙

另一个世界的手指

正"建造她全能的傲慢"

金字塔上的誓言　奥西斯蓝色的眼泪

刚好赶到岸边

恺撒大帝为艳后停下的战火

有你意外的爱情

巴菲特　你此时是一只雌狮
在你身后有一双婴儿的眼睛
佑护那些欲望
被赋予疼痛的火光
是你神秘死去的见证

你的女儿　在母亲怀抱里
温暖善良　你的生是所有人的生
两岸生与死的伟大如此彻底
你有鹰翅上的阳光与风声

三

尼罗河啊　玛哈特神照亮你的血
也照亮奴隶脊背上努比亚人的长矛
无数奴隶倒下的影子
与旧传说一起在你浑浊的水面
在神的手指上
你扑向蓝色的岸
古老的哨子穿过神庙神秘的钟声
是你正在背弃的过往

尼罗河你温暖的脐带
连着古埃及七千岁的婴儿
婴儿的婴儿　表情在石头上盘旋
那是无数木乃伊的私语

扫过来世船头的桅杆
你庞大的等待是复活的睡眠
在一片水上等待末日的审判
——死亡边上是孤独的永生
然而你不能摆脱巨大诱惑
你唯一的帝国多少神灵佑护你
动物与植物分割你的脸
那石头上的天空及法老分享的坟墓
纸草书上的生死有你凝固的姿态

2016.12.4

南兮诗选
NANXI SHIXUAN

跋：神秘的诗性生长

文/苏格拉底

《南兮诗选》已经付梓了，作为多年的文友和南兮诗歌的忠实粉丝，南兮让我写几句话。本来去年已经交代给我，但由于工作变动，经常在外奔波，能静下心来的时间皆成碎片，直至南兮发问，竟无只言片语，匆忙写出一篇，也被南兮打了回来。为了交差，只好把在南兮QQ空间的简评整理出来，以为应付。空间留言皆信手拈来，甚为随意，诸多引言未经细考，谬误颇多。一些观点主张也未经反复推敲，不免贻笑大方。以下就是阅读南兮诗歌的些许感受，和大家分享。

—1—

史蒂文森说："现实是我们通过隐喻来逃避的一种老生常谈。"南兮像史蒂文森一样擅长隐喻，她力图借助隐喻接近一种更为纯粹的诗歌艺术，因此，她的每一首诗都具有哲学的意味。《哦 灰鸟》是她近期创作的一首佳作。

诗歌开篇就通过"灰鸟，你曾经来过"，制造一种亦真亦幻的场景。接下来运用虚与实、动与静、灰与白的对比，创造出冷彻、奇异、深邃、静穆的境界。在这里，无论是虚写还是实写，都不是

跋：神秘的诗性生长

对现实存在的客观陈述，而是借助对灰鸟、灰鸟与环境和事物关系的想象性描述，道出诗人对存在的感受，从而确立一种对世界的诗性的观照方式。在接下来的书写中，诗人通过一些启示性暗示，通过语言和一些简洁意象的相互交融，呈现出一种超现实状态。在经过不同角度和层面的观察、想象和联想后，不断激发出读者的想象，强化了诗歌的内在意蕴。

在南兮的诗歌中，隐含着一种想象的韧性。她观察事物的眼光更深邃，眼界更宽广，书写的深度也就更进一层。她通过对记忆碎片的透视，把真相转化为隐喻，再用隐喻反射现实。这既是一种精神冒险的策略，也是思索上的淡然与微妙。"灰鸟"本身就是个隐喻，"翅膀上的灰烬""某些死亡""涨潮了""新鲜的背影""暗示的水声""远处的一个黑点"等，都是隐喻。它们的存在，无不折射出诗人情怀的当下性。

南兮的诗歌中极少有刻意的做作之词，也少有缀满华丽形容词的空洞、虚假诗意，她只是把庸常生活中并没有太多诗意的细节加以深度观照，凸显出隐蔽的诗性。就这首诗而言，在想象的层面上有一种童话般的温馨，但绝对没有词语的非正常使用生发的极端的诗意，也杜绝了生硬的文字游戏。灰鸟是什么？我们不妨大胆想象一下，也许就是作者自己。——关于《哦 灰鸟》

—2—

这是近期阅读过的最好的一首诗。南兮的这首诗，产生于强烈的个人体验，但又是每个单身女人都曾有过的那种感觉。对这首诗的主题我们不难把握：生存的艰难、徒劳和悲剧性。《一个人》，含义丰富，并且还带有一种微妙的反讽和自嘲，读过之后，人生的酸甜苦辣,在这一首诗里都如释重负了。

在阅读这首诗歌之前,我专门重读了翟永明的长诗《女人》、海男的同名诗歌《女人之二》和伊蕾的诗歌《独身女人的卧室》。南兮这首诗和翟永明、海男和伊蕾的诗歌有着异曲同工之妙。所不同的是,翟永明、海男和伊蕾的诗歌综合展现了作者的女性意识,对自己所能感受到的女性经验,都进行了深度还原。而南兮的这首诗则全神贯注于自我,借助象征和隐喻,刻画人生的境遇。南兮诗歌中蕴含的巨大敏感、幻想和洞察力,让读者透过表象看到生活重压下生命的强烈悸动。同时,与翟永明、海男和伊蕾身上女性意识的张扬和呐喊不同,南兮身上的女性意识沉静内敛、隐含光泽。

"一遍又一遍/确认自己被关在门外/体验强迫症的 是钥匙/过一道门又一道门。"这是一个人的处境,也是一个人的无奈。仅仅这样理解是浅层次的。还有深层次的理解,就像伊蕾在《选择和语言》中所说的:"诗引导我一步步走向思想的深渊,我看清了自己的处境,看清了同时代人的处境……"

"敲门声隔开午夜 证明逝去的/在进入睡眠之前 单身女人/十年或更长的一天/有时 你离开自己久一些/回头看见一张陌生的脸/你省略概念 睡在虚构的夜里/梦 进入黑夜的身体/一次次进入枉然 然后死去/像一捆柴烧着你手势之外/而你闭紧的嘴唇像关上的窗户/灯光推开的话语散落在四周/但你怀疑什么都没听见/像睡着的婴儿。"在这一节里,南兮主动区别了第三代女诗人的直接和浅白,运用整体和碎片化的隐喻对自我进行了一种自觉的欲望化展示。但南兮的表达是小心谨慎的,她把身体觉醒、黑夜意识同诗歌艺术自然和谐地结合在一起,对自我进行了一次深度触摸。"敲门声隔开午夜""十年或更长的一天""有时 你离开自己久一些""睡在虚构的夜里""梦 进入黑夜的身体"……这些半自传性质的书写,都是将身体和灵魂作为书写对象,把一个人的七情六欲安放在特殊的境遇里,进行了特别的关注,具有尖锐而深沉的疼痛感。

"不需要证明的存在 你活着/你在人群里 像沙子脆弱而沉默/现实 你只在一本书里/冷在一杯水中/你越来越简单 像一片窗帘/只遮住了自己/其实你没有发现/今夜有什么特别的地方/脚步声在一个 两个 三个房间/再次响起 你从未听到过一种满。"翟永明说:"如果你不是一个囿于现状的人,你总会找到最适当的语言与形式来显示每个人身上必然存在的黑夜,并寻找黑夜深处那唯一的冷静的光明。"在这一节,诗人书写了存在的现状。这种书写把个体的经验剥离到一种纯粹认知的高度,在存在与精神的种种对立和冲突中袒露真实。在这首诗歌里,诗人越过了存在的边界直达灵魂,在梦想与现实的冲突中,以女性诗人的身份,与自我、与世界做精神的交流。

诗人翟永明在阐述"黑夜意识"时指出:"个人与宇宙的内在意识——我称之为黑夜意识——使我注定成为女性的思想、信念和情感承担者,并直接把这种承担注入一种被我视为意识之最的努力之中。这就是诗。"这种意识对女性诗人来说不仅是一种感官的状态,更是一种心灵的参与。保持这种内心黑夜的真实,是对自己的清醒认识。南兮这首诗歌所包含的启示录式的思索,是对自身怯懦的真正摧毁。即便无法实现这种摧毁,也可以让我们暂避现实的烦恼,进入一个精神的桃源。

从艺术表现上分析,这首诗也堪称是语言的质感和表达细节化的一个范例。具体的细节、物象次第呈现，带着诗人敏锐但又不动声色的内在感受，每个画面的设置都极具现场感，特别是诗歌的结尾处，"脚步声在一个，两个，三个房间／再次响起 你从未听到过一种满"，就像电影镜头，细节对整体的烘托达到了极致。

——关于《一个人》

—3—

《一种流逝》，也许这就是命运在时间内部给我们留下的一切，这比什么都更具有启示性。

阅读这首诗，我们感受到时间框架内的风景被切割成不同的单元，他们都在自己的边界内有序或无序地流逝。这有点像电影的叙事手法，闪回、切换、特写、过去与现在交错并置，等等。诗人在时间的洪流中为我们定格的每一个瞬间，都像路标一样间隔着无法逾越的时间的深渊，诗人在叙述中只能远远地回望，但永远无法回溯到过去。

每个诗人都承担着疼痛，这疼痛是时代赋予的。每个诗人的疼痛都是一样的，只不过有的人避开了，有的人忍受着，有些人承担着并发出声音。阅读过诗人大量诗作的读者，一般会把诗人归类于叶芝一样的"纯诗"制造者。但作者像叶芝一样，并没有把这种平淡和纯粹走到底，而是及时进行了调整。诗人刘春在谈到叶芝时指出："叶芝当然是一个优秀诗人，然而他的平淡和纯粹走到后期，却起到了毒素般的作用——如果没有庞德的提醒，这个老头儿可能晚节不保——当那种华美而透明的诗风席卷世界诗坛时，人类就如同患上了软骨症，他们无视现实的残酷，热衷于给千疮百孔的社会涂口红、画眉毛。时代需要一个比叶芝更硬朗的诗人。艾略特被推到了前台。"通过阅读这首诗,我们有理由相信作者不仅更加关注内心,也更加关注内心背后的东西。

作者在改变的同时,也坚持了一贯的风格——大量使用隐喻,或者说诗中的主要意象都是隐喻。这就让这首诗不仅充满神秘,而且非常深刻。"昨天的影子"是明喻,"分娩的稻谷""棕榈分割的天空""大地与河水流逝的旧门""火车"等,这些隐喻像钉子,在作者的生命历程中,每隔一段距离就钉上一颗,透视着一种神秘的疼痛。在这里,作者笔下的隐喻极具思辨色彩,但作者的奇思妙想并没有脱离人生的具体经验和血肉历程,在揭示现实上透着不同寻常的智慧。

接下来,作者又使用"声音流逝的影""分开的夜幕滑过草尖""溜过墙角""流逝的树""正消隐神秘的笑声"......强化了抒情的力度。同样是象征,但作者的视角、切入方式和达到的深度,却为许多诗人所不及。

这首诗的结尾是一个具有玄幻色彩的内心独白,蕴含着强烈的感情。"很多时候 你时常醒来 身无定所/你被一场接一场的相聚隔开 越走越远/像流逝的风 什么都不在手里/无论你怎样想 你都只能走在时间内部 /你不能张开嘴巴/怕喊出的是陌生的生锈的文字。"这样的文字,把抒发和陈述糅合在一起,不仅深具悲悯情怀,而且富有动感,让人感受到现实的动荡和身无定所的不安。这既是作者的现实,也是很多人的现实。这种对普遍苦难的揭示,让书写的境界得到升华和提纯。

最后,作者进一步超越时空,在更加玄幻的独白中,通过"两只鸟""环形跑道"的隐喻,像庞德所言:"找出事物明澈的一面,呈露它,不加陈述。"让人感知作者"从无到无"的人生喟叹。

总之，作者在这首诗中，以大量隐喻、奇绝的玄思、迫人的节奏、凝练的语言，表现了生命在时间内部流逝的紧迫感，揭示了内心现实和客观现实的相互映衬。作者这首诗像里尔克的大部分诗歌一样，敏感、内敛、深邃，崇尚心灵气质。里尔克在《现代抒情诗》中指出："只有当一个人穿过所有教育习俗并超越一切肤浅的感受，深入到他的最内部的音色当中时，他才能与艺术建立一种亲密的内在联系：成为艺术家。"作者这首诗之所以让人激赏，不仅在于诗歌艺术上的精湛，更在于作者写出了对流逝的悲悯，对生命的同情。——关于《一种流逝》

— 4 —

韩东提出"诗到语言为止"，于坚提出"拒绝隐喻"，李亚伟强调要"榨干抒情"。这些都是"第三代"诗人对传统诗学的解构。南兮的诗歌从流派上属于她一直坚守的象征主义，而象征主义是大量运用隐喻增强诗域的宽度的。我不主张榨干抒情，也不过分反对隐喻，但我更加重视诗歌的清晰度，更加重视在书写的过程中叙事因素的渗透。南兮的诗歌有一种童话和梦境般的纯粹，尤其是那种纯洁无瑕的美丽哀愁，还有隐含在文字深处的淡淡忧伤，让人迷恋和沉醉。南兮对自己的诗歌直觉非常自信，不管语言上的直觉，还是生命本身的直觉，都成为她诗歌创作的重要源泉。在书写中，她并不凭借词语的非正常使用创造诗意，而是通过对语言的深度挖掘找到诗意的源泉，让源头活水源源涌出。她文字中的诗意存在于语言的梦幻性和音乐般的节奏中。——关于《我沉静地走过》《一个转身》

—5—

西尔维亚·普拉斯说:"我相信一个人应该要有能力控制并支配自己的经验,即便是疯狂、被折磨这类可怕的经验,而且一个人应当要有能力以一种明察聪颖之心支配这些经验。我认为个人经验是非常重要的,但是它当然不应该只成为一种封闭的盒子或揽镜自顾的自恋经验。"和西尔维亚·普拉斯一样,南兮的诗歌也不是狭隘的个人经验的抒发,而是被赋予了普遍性和象征性的宏观的情感体系。南兮从来都不主动发声,而是让作品本身发声,通过象征和隐喻导引读者进入她的生活经验和内心世界。南兮的文字有一种直面现实的情感能量,通过对问题收放自如的剖析达到一种节制的放纵。南兮这两首诗也有很浓重的女性主义诗歌的色彩,但又与翟永明、伊蕾等人不同。和她们比较,南兮的诗歌更加内敛、深沉、纯粹,对隐喻、象征手法的运用,也让诗歌远离了浅白。——关于《裂缝》《身体里的一只手》

—6—

"当祖国把我们抛弃给未知……它变得广大/随之变大的是杨柳和一些形容/它的青春和蓝色的山峦在变大/灵魂一辈的湖泊在扩张/灵魂之南的谷穗在拔高/柠檬籽在迁徙者的夜晚亮如明灯/地貌绚烂成一卷卷圣书。"这是巴勒斯坦诗人达尔维什《我们有一个祖国》中的诗句。作为一个巴勒斯坦诗人,每天在黢黑的枪口下、在坦克的轰鸣中写诗,他的心境和摩西带领希伯来人出埃及时的心境是一样的。所以,当我接触到南兮的《出埃及记》时,瞬间就想到了达尔维什的创作。从达尔维什的作品、南兮的作品,我们可以看到共同的东西,过去和今天的苦难是一样的,面对苦难人们的选择也是相同的,不同的是奴役者和受难者。当然,我们今天探讨的并不是这样一个话题,因为南兮的诗歌给我们提供了更加辽阔的思索空间。《出埃及记》是另一类史诗,说它另类,是因为它和荷马史诗、《格萨尔王》等完全不同。《出埃及记》不属于叙事类史诗,诗中的叙事元素是为主题服务的,叙事在这首诗里只是配角。我们阅读《出埃及记》获得的不是单一的收获,南兮通过一个家喻户晓的故事给我们传递了极为丰富的思想,也给我们提供了多向度的视角。今年出版的《光年》,发刊词中有这样一段话:"人类生存的知识起源于人的个性,诗人的个性拓展了世界的宽度。面对过去和未来,诗歌在做着最后的调解。"南兮在用诗歌进行一种公共思考,她的目光和思索不仅聚焦在历史深处,更聚焦在现实世界的苦难中!——关于《出埃及记》

——7——

《黑森林》《黑蜘蛛》《黑衣人》,是南兮"黑色系列"的代表作。所谓"黑色系列",揭示的是生命中的一些黑暗、恐惧和荒诞。加缪在谈到生命中的荒谬时,曾深刻指出:"我是在寻求一种方法而非一种学说,我是在从事方法的怀疑,试图造成……白板的心态,作为建构某物之基础。"实际上,存在主义是把恐惧、黑暗、疼痛、焦虑、恶意等负面的、不合理的东西都归结为荒诞,南兮的"黑色系列"也是如此。南兮和加缪一样,也企图造成一种"白板"的心态,这种心态在南兮那里是一种黑色的纯粹。也许这是生命中的一切荒诞在心理上的投射。

在我们的生命中,时常会遭遇"等待戈多"式的荒诞,我们也时常会生存在恐惧之中,这些黑色的记忆构成了我们人生中的黑暗。"妹妹 你黑色的衣裙是一种纯粹/更靠近原始生活与爱情/妹妹 爱你的人 给你一袭黑衣的人/就像刚从黑夜走出来/那个头饰 有很多鳞片的头饰/就像很多的手 在怀念谁……"(《黑衣人》)"黑森林 你的象征/你深处的鸟儿正鸣叫 天空/有你忽视的坚持以及脆弱/远离抑或接近都是被动……"(《黑森林》)这样的焦虑在这三首诗中经常出现,作者依托诗歌来承受和反抗来自黑暗的压迫,进而凸显人在世界上的处境。

"黑夜给了我黑色的眼睛,我却用它寻找光明"。南兮的"黑色系列"深受存在主义思想的影响,面对人生的困境,她需要做出抉择。在这三首诗中,南兮也给予了我们一些光明的抉择:"直到在舞蹈中/你遇见不该遇见的另一种生活。"(《黑衣人》)任何负面的情境都有一扇打开的窗口,这是人生的希望,也是我们活着的依托和依据。按照存在主义哲学,我们要选择做真实的自己。当然,这也是南兮的诗歌告诉我们的生存之要!

—8—

上次在谈到《水蛇帮》时,顺便谈到了诗歌的"及物性"。这首《出逃的雪城》也把镜头对准了亲历的和发现的真实世界,南兮用她熟稔的物象元素,构造了一个个令其痛苦又牵念的现实场景。之所以说是构造而不是再现,是因为现实的元素被诗人深化并诗化过了,成了一种高于生活的精神升华。尽管文本本身内敛平静,但我们仍然可以从中读出精神的疼痛。

南兮的诗歌总是弥漫着一层浓厚的忧患意识,无论是《荒芜的花裙子》《出逃的雪城》《走失》《一个人》等个人境遇的题材,还是《印加组诗》《象形文字上的埃及》《玛雅人的天堂》《出埃及记》等历史文化题材的作品,都在诗意和宽广的历史文化境遇之间建起了一座神秘的桥梁。

南兮善于在现实中寻找诗意的可能性,善于在日常处境和生活经验中挖掘题材,善于在介入和干预中敞开广阔的诗意空间,从而让诗歌和现实之间的关联更加密切。譬如这首《出逃的雪城》,看似"在原乡——在路上——在异乡"抑或"遭遇——理想——幻灭——释然"的老路,但南兮的诗歌不再是日常生活境遇和经验的简单摹写,而是将这些现实元素提纯升华后,上升到主客观深度契合的哲学境地。

每个抒情个体都在寻找主题、题材、情感和表达上的独立性,南兮的诗歌因袭了许多象征主义的因子,虽然具有一定的"清晰度",但仍然充斥着大量的象征和隐喻。她的诗歌从不以"素面"示人,在语言风格上一直沿着至美至纯的路子前行,把诗歌的主旨传达得节制而含蓄。所以,她诗歌的"及物性"也和当下许多诗人的直白不同,她笔下的现实都是经过深度加工的现实,她的表达是复杂而别致的,她的咏叹也是需要反复咀嚼才能嚼出味道的。但她的诗歌明显具有后期象征主义的明朗与现实的结合,也具有当代汉诗"知识分子写作"的优雅和内省。这种创作手法和传统现实主义诗歌并不互相排斥,而是实现了异质同构和多元互补,让读者在精神层面随着现实揭示的不断深入,进行深刻的自省和反思。

南兮的诗,既有现世之思的实感,又带着觉世回望般的超越目光。被她写入深度文本的,有对生命、爱、时间与空间、物变与词义的所观、所悟,有诗意与日常性的两相辉映,有抒情与叙述的风格缠绕、推力共生。她的诗,可深处阅读。

——欧阳江河

南兮的诗是对惯常思维的一种扭断,很多不相干的词语被她生生地嫁接到一起,诗有了新奇而暴烈的冲击力。这是因为她遵循的逻辑是她跳跃的第六感,以及漫溢又低沉的情感。所以她的诗有点冷艳、决绝、凄美。

——李黎

南兮将自己对历史、现实和事物的个人体察,融入诗性的叙述中,读她的诗,能真切感受到她的情怀和独特的对世界的认知,让人久久停留在她构建的诗意里。

——盘妙斌

南兮女士的诗歌于大千世界中呈现出生命的同质性和异质性,随意简洁的笔触叙写着我们司空见惯的事物并解构其一种哲学意义的内核,让山川草木从心灵的沃土中活灵活现,以思想的多元性否定思想的一元性,能在生活中发现诗意,她显然是把诗意和美感作为一种书写理想,文字是她智灵心性的折射,其清风袅娜处自有一抹烟霞,语言小中见大,带有感性介入的表述与众不同,诗句自然紧凑又余味绵长,诗歌中清新和明亮的意象像夏日的河水,这种暖意自然来自一颗真挚感恩的心灵,因此诗歌就有了性情,有了肌理,有了灵秀,有了一种婉约大气、清澈澄明的艺术境界。

——解非 摘自《中国当代诗人档案·南兮》

南兮是情与理衔接得恰到好处的诗人,这对于一个女诗人来说颇为难得,情感的野马始终被智慧的缰绳牵着,让你既能感受到一首诗蓬勃的情欲,又不至于被泛滥成灾的激情所踩踏。读她的诗,犹如站在高山之巅领略大河奔流,既可荡胸生云,又可云淡风轻,既缱绻其中,又超然世外,当真人生一大快事。

——鹰之

诗人在创作上多应用了写作上的基本方法:"起承转合"。一切文学作品,人的一生一世都在这"起承转合"中轮回,即使与之毫无关联的股票投资也是在"吸筹,震仓,拉高,出货"中完成的。也就是说人情练达之中把握了起承转合的精髓就不愁写不好诗,赚不到钱,赢不了掌声。当然要获得辨识度,就要寻找自己独到的言说方式,也就是解决语言问题。"怎么写"解决了,诗就完成了一半,而一旦明白了"写什么",那不写好诗都难。诗人的语言要先于读者,每一句都不能让读者预知,从而各种技艺便为诗人探索出来,为读者设置障碍,产生一种陌生化效果,但读完又觉在情理之中,如此点化,产生顿悟,那便有了诗的无穷魅力。但我想说,如今诗坛仍有人玩玄学,以巫师之道,半仙之语,就成了著名诗人,这是一种误区。我还是欣赏梁实秋的"绚烂之极归于平淡"的境界。

——空灵部落